The Condemned Saint Achieves Reincarnation, Aims to Become a Villainess
1
JN105996
断罪された転生聖女は、悪役令嬢の道を行く！
Author 月島秀一
Illustration へりがる

四方八方から醜い罵声が響く中、
ルナを縛る十字架に火が灯された。
全身が炎に包まれていく中、
彼女はたった一つの
『心残り』を見つける。

（……あっ、そう言えば……。
読み掛けだった悪役令嬢の小説、
あの続きだけはちょっと気になるなぁ……）

サール・コ・レイトン
通称サルコ。聖女学院聖女科、一年C組の生徒。
生粋の侯爵令嬢だが、根は純粋で優しい女の子。
ルナ・スペディオ
300年前に処刑された最強の聖女。
立派な悪役令嬢になろうと奮闘するが……。
生来の善性が邪魔をして苦戦中。

「ちょ、ちょっとロー、それは秘密って言ったでしょ!?」
ロー・スティンクロウ
ルナの護衛を任された侍女。
聖女科一年C組に在籍し、
ルナと同じ学生寮で共同生活を送る。

謎の冒険者 シルバー

ルナが冒険者として活動するときの姿。

「…………は?」

The Condemned Saint Achieves Reincarnation, Aims to Become a Villainess.

CONTENTS

断罪された転生聖女は、悪役令嬢の道を行く！

Author
月島秀一

Illustration
へりがる

The Condemned Saint Achieves Reincarnation, Aims to Become a Villainess.

イラスト／へりがる

第一章　聖女転生

聖暦１７００年。

この日、『聖女』の断罪が執行される。

「――偽りの聖女ルナ、貴様を火炙りの刑に処す」

終審裁判所で、理不尽な判決が言い渡された。

（……あーあ、私って今まで何をやってきたんだろうなぁ……）

大広場の聖十字に四肢を縛られ、磔にされた聖女ルナ。

彼女は灰色の虚無感を抱きながら、眼下に広がる聴衆を見回す。

憎悪の視線を向ける青年・したり顔で嗤う貴族・罵詈雑言を吐き散らす老人――誰も彼もみな、ルナがこれまで助けてきた人々だ。

人間という生き物は本当に醜い。

優しくすれば優しくしただけ付け上がり、自分が偉くなったと錯覚する。

どうして受けた豊かさを、自分だけのものにしたがるのだろう？

どうして受けた施しを、周りの人達と分け合えないのだろう？

どうして受けた優しさを、自分への隷属だと勘違いするのだろう？

結局、ことここに至っても尚、ルナには理解することができなかった。

「——偽りの聖女ルナ、最後に何か言い残すことはないか？」

処刑人は感情のない声で、冷たい視線を向ける。

その右手には、紅焔の灯る松明が握られていた。

「……そう、ですね……」

ルナは視線を空に向け、これまでの人生を振り返る。

たったの銅貨三枚で、自分を売り払った愛のない両親。

地位や名誉と引き換えにして、自分のことを裏切った貴族。

聖女ルナを『人間』ではなく『兵器』として扱い、離宮の最奥に閉じ込めた王族。

聖女という『絶対的な武力』を求め、痛ましい戦争を始めた列強諸国。

戦禍によって引き起こされた飢饉・疾病・貧困などにより、酷く荒廃した世界。

それら全ての責任を自分一人に押し付け、処刑しようとする人類。

艱難辛苦に満ちた人生、その全てを顧みた結果——。

「——何もありません」

零れたのは、空虚な告白。

何も出て来なかった。

憎悪の叫びも、悔恨の思いも、怨嗟の声も、自分でも驚いてしまうほど、何一つとして出て来なかった。

ルナはもう、この救いようのない世界に呆れ果てていたのだ。

「な、何もありませんって……なんだそのふざけた態度は!?」

「お前のせいで、どれだけの人が犠牲になったと思うんだ！」

「なんとか言ったらどうなんだ!?　あぁ!?」

「とにかく謝れ！　今すぐ謝罪しろ！」

四方八方から醜い罵声が響く中、ルナを縛る十字架に火が灯された。

全身が炎に包まれていく中、彼女はたった一つの『心残り』を見つける。

（……あっ、そう言えば……。読み掛けだった悪役令嬢の小説、あの続きだけはちょっと気になるなぁ……）

彼女はぼんやりそんなことを思いながら、灼熱（しゃくねつ）の業火に焼かれていくのだった。

■

次の瞬間、ルナの瞳に映ったのは、温かく優しい光。

（う、うぅん……っ）

体を包むものは得も言われぬほど柔らかく、この世のものとは思えないほどふかふかだった。

（あ、れ……？）

ゆっくりと五感が戻っていく中、明滅する視界が捉えたのは——見知らぬ天井。

自分がベッドの上で仰向けに寝かされていることに気付くと同時、耳のすぐそばで嗚咽のようなものが聞こえた。

仰向けになったまま、視線だけをそちらに向ければ——。

「ルナ、しっかりしろ！　大丈夫、絶対に大丈夫だ！　きっと助かるからな……！」

「ルナ、ルナぁ……っ」

枕元に立つ老夫婦が顔をぐしゃぐしゃにしながら泣いており、その後ろには難しい顔をした医者らしき壮年の男が、沈痛な面持ちで立っていた。

（えっと……？）

突然の事態にルナが困惑していると——部屋の扉がキィと開き、非常に整った顔の男が入ってくる。

「これは……酷い状態だね」

貴族服に身を包んだ彼は、全身に包帯を巻かれ、たくさんの管に繋がれたルナを一瞥し、僅かに眉を顰めた。

「この子ったら……。領内の子どもを守ろうとして、暴走したハワード様の馬車に轢かれてしまったのです……っ」

老婆はそう言って、悲しみと恨みの混ざった視線を尖らせる。

「そうか、それは悪いことをしたね」

ルナを轢いた男——ハワード・フォン・グレイザー公爵は淡々とそう述べ、白衣を纏った医者へ声を掛ける。

「そこの街医者、ルナの状態は？」

「……頭部・腰部・四肢を含めた、十数か所の骨折。肝臓・脾臓・腎臓などの重要器官の損傷・破裂。今はポーションの循環治療と回復魔法の継続使用によって、なんとか命を繋いでおりますが……。正直、生きているのが不思議な状態です」

「回復の見込みは？」

「とてもじゃありませんが……現実的ではございません」

医者の厳しい宣告が響き、重苦しい空気が張り詰める。

「う、うぅ……っ」

「ルナ、ルナぁ……ッ」

老夫婦のすすり泣く声が響き渡る中、

「――ルナ。すまないが、君との婚約は破棄させてもらうよ」

ハワードは突然、婚約破棄を申し出た。

「は、ハワード様……!?」

「こんなときにいったい何を……!?」

驚愕の表情を浮かべる老夫婦に対し、ハワードは不思議そうに小首を傾げる。

「おや、何かおかしなことを言ったかな？」

「おかしいも何も……っ。娘が懸命に戦っているときに、なんて酷いことを仰るのです！」

「あなたに人の心はないのですか!?」

「ふむ、そう言われてもね。こんな体では、まともに夜の務めも果たせないだろう？　生憎だけど、ボクに『欠陥品』を愛でる奇特な趣味はないよ」

淡々と紡がれるその言葉は、酷く冷たいものだった。

ハワードにはルナを轢いたという負い目はおろか、彼女の容態を慮る心さえなかった。

「き、貴様ぁ……ッ」

激情に駆られた老爺は、ハワードの胸倉を掴み上げる。

それと同時——彼の首元に槍の穂先がズラリと並ぶ。

ハワードの後ろに控えていた護衛たちが、職責を果たさんとしているのだ。

「さて……その振り上げた拳は、どうするおつもりかな？　カルロ伯爵？」

氷のように冷たい瞳が、真っ直ぐに老爺を射貫く。

ハワードは『公爵』である一方、老爺ことカルロ・スペディオは『伯爵』。

両者の間には、天よりも高く海よりも深い身分の差があった。

「あ、あなた……っ」

「カルロ様、どうかここは落ち着いてください。今あなた様に何かあれば、多くの領民が路頭に迷います……っ」

老婆と医者に宥められた老爺は、拳を下ろし、小刻みに震えながら頭を下げた。

「た、立場を弁えぬ……ご無礼……っ。大変申し訳ございませんでした……ッ」

耐え難い屈辱を噛(か)み締め、謝罪の言葉を絞り出す。

「うん、そうだね。命は大切にした方がいい。――それでは失礼するよ」

ハワードはそう言って、部屋を出て行った。

「くそ……っ」

「うぅ……ッ」

老爺が壁を荒々しく殴り付け、老婆は悲しみにすすり泣き、陰鬱とした空気がルナの私室を支配する。

（……んー……？）

ベッドに寝かされたルナは、ゆっくりと現状理解を開始。

（私は火炙りにされた後、どういうわけかこの世界に転生を果たした。転生先の少女は、馬車に轢かれて危篤状態の伯爵令嬢。多分だけど……彼女はそのときに亡くなって、私の魂がそこに納まった。その後、婚約予定だった貴族に欠陥品のレッテルを張られ、婚約破棄を告げられ――現在に至るって感じかな）

彼女のこの推理は、『中(あた)らずと雖(いえど)も遠からず』、だった。

（さて、これからどうしよう……）

せっかく手に入れた二度目の人生。

できることならば、自由で快適な毎日を送りたい。

しかし……すぐにわかった、わかってしまった。

この体に流れる聖女の力は、前世のまま。

ルナという器は、『途轍もない生命力』と『莫大な魔力』で満たされているのだ。

それを裏付けるようにして、つい先ほど馬車に轢かれたらしいこの体は、もうすっかり完治している。

(ここまでの話を聞く限り、私は相当な重傷だったみたいだし、普通に起きたら絶対に怪しまれるよね……)

聖女頭脳をフル稼働させ、今後の活動方針を練り始めたそのとき――「ぎゅるるるるーっ」とお腹の虫が鳴った。

「「「……!?」」」

シリアスな雰囲気の中、シンと静まり返った部屋に、空腹の福音が響き渡る。

(～～ッ)

ルナは顔が真っ赤になるのを必死に堪えたが、耳まで真っ赤になっていた。

(うぅ、なんでこのタイミングなの……っ)

ルナは昔から、ずっとこうだ。

世界に祝福された存在――聖女であるにもかかわらず、絶望的に間が悪い。

「せ、先生、今のは!?」

「ルナ、お腹が減っているの!?」

老夫婦の視線を受けた街医者は、しかし、首を横に振る。

「残念ですが……これほど重篤な状況で、腹の虫が鳴ることなどあり得ません。おそらくは、集団幻聴の類で――」

「ぎゅるるるるーっ」

　空腹の福音は、自己主張が激しかった。

（……二度目の幻聴、いただきました。はい、これは間違いなく集団幻聴ですね。ええ、間違いありません。聖女は嘘をつきませんから）

　ルナはそびえ立つ現実から逃避を始めたが、そうは問屋が卸さない。

「今、確かに大きな腹の音が聞こえたぞ!?」

「げ、幻聴じゃない！　今のは絶対に幻聴じゃありません！」

「いやしかし、まさか……そんなはずは……っ」

　大きな動揺が駆け巡る中、老爺は凄まじい勢いで、両目を閉じたルナへ問い掛ける。

「ルナ、何か食べたいものはないか!?　なんでもいいぞ！　お前の好きなもの、今食べたいもの、口に入れられるものを言ってくれ……！」

　あれほどの快音を響かせた手前、このまま狸寝入り決め込むのは難しい。あまりにも不自然だ。

　そう判断した彼女は、目を閉じたまま、控えめな願望を口にする。

「………何か、甘いものが食べたいです」

「「「しゃ、喋った!?」」」

それと同時、途轍もない衝撃が走った。

まさか本当に返答をするとは、誰も夢にも思っていなかったのだ。

(いや、今のは罠でしょ!? 罠だよね!? 普通、あんな風に聞かれたら、答えちゃうってば……!)

それからしばらくして——ルナの前には、大量の果物が並べられた。

彼女はベッドの背板に体を預けながら、一口サイズにカットされたリンゴをいただく。

「どうだ、ルナ? おいしいか? ちゃんと味はするか?」

「は、はい……ありがとうございます(大変おいしゅうございました……と言いたいところだけど、そんなにジーッと見つめられたら、味なんか全然わからないよ……)」

彼女が味のしないリンゴを平らげたところで、老爺が恐る恐ると言った風に尋ねる。

「それでルナ、体の方は本当に大丈夫なのか?」

「えーっと……はい、おかげさまでなんとか」

彼女がコクリと頷くと同時、老夫婦は膝から崩れ落ち、歓喜の涙を流した。

「き、奇跡だ……っ」

「あぁ、『聖女様』に感謝を……ッ」

二人は大粒の涙を流しながら、両手を組んで聖女に祈りを捧げる。

(この世界にも、『聖女』という概念はあるんだ。それに……私とは違って、ちゃんと崇められているみたい)

ルナは少し複雑な気持ちを抱きながら、老夫婦の祈りを見つめるのだった。

■

街医者から「不思議なほどに健康体」との診断を受けたルナ。

彼女は現在、スペディオ家の書庫に籠り、情報収集に努めていた。

(ふむふむ……)

歴史書・地理誌・風土記はもちろん、自分がお世話になっているこの家――スペディオ家の家系図やスペディオ領の地図など、目に付いた書物を片っ端から読み漁る。

そうして三時間が経過する頃には、いろいろなことがわかった。

「……なる、ほど……」

様々な知識を得たルナは、「ふーっ」と長い息を吐く。

「どうやら私は、三百年後の世界に転生したみたい……」

敢えて言葉に出すことで、自分を取り巻く周囲の状況を――現実というものを呑み込んだ。

(誰かが転生の大魔法を使ったのか、それとも聖女という役回りがそうさせたのか。何故こうなったのかは、いまいちよくわからないけど……)

確かな事実は一つ。

聖女ルナはこの世界に——聖暦２０００年の時代に再び生を受けたのだ。

「それにしても、三百年経ってもまた戦争、か」

手元の歴史書に記された、自分の死後の歴史に目を向ける。

『聖女様を処刑した後、列強諸国の争いは収束し、平穏な日常が訪れた。しかし、すぐさま暗黒の時代が到来。大魔王が食料と資源を求めて、人類社会へ攻め込んできたのだ』

『人間という種族は、魔族に比べて貧弱である。我々は遥か古より、外敵から侵略を受け、生存圏を縮小してきた過去を持つ。そんな被虐の歴史をひっくり返したのが、無敵の強さを誇る聖女様だ。彼女の存在があったからこそ、人類は安寧を享受できた』

『聖女様という絶対的な抑止力を失った今、外敵を阻むものは何もない。今や人類はただひたすらに貪られ、生存圏を縮小する一方だ。聖女様の復活を望む民衆は、ひたすら贖罪の言葉を述べ、救済を求めた。しかし、どれほど祈ろうともう遅い。聖女様はもういない。愚かな人類は、自らの手で希望を摘んだのだ』

歴史書には、後悔と贖罪の文言がずらりと並ぶ。

（そう、全てはもう遅い。私はもう……聖女を辞めた）

仄暗い気持ちを胸に秘めたルナは、続いてスペディオ家の家系図へ目を移す。

（父カルロ・スペディオ、母トレバス・スペディオ……二人の子どもが私——ルナ・スペディオ）

カルロとトレバスは共に60歳。

一方のルナは15歳。

両親との年齢が開いていることに違和感を覚えたけれど、何か複雑な事情があるのかもしれないため、ここはあまり深く掘り下げない方がいいと判断。

（……45歳差？）

とにもかくにも、自分が処刑された後の歴史と自身の周辺状況の知識を仕入れたルナは、ぐーっと大きく伸びをした後、この先についての考えを巡らせる。

「これからどうしよっかなぁ……」

一度目の人生は、聖女として生きた。

『個人』としてではなく、『人類救済の御旗（みはた）』として生きた。

せっかく手に入れた第二の人生。

今度は一人の人間として――ルナとして生きたかった。

「うーん……」

自分の夢・やりたかったこと・なりたかった職業、いろいろなことを考えた末――彼女の頭にポッと浮かんだのは、あの言葉。

「……悪役令嬢」

ルナは小説の中にある悪役令嬢に魅（ひ）かれていた。

悪役令嬢は、自由奔放として、我儘（わがまま）な存在。

聖女とは真逆の在り方に対し、強い憧れのようなものを抱いていたのだ。

「──よし、決めた。もう誰かが困っていても、絶対に助けたりなんかしない。悪役令嬢に……私はなる！」

グッと両手を握り締め、所信表明を発したそのとき、正面に設置された古い鏡が目に入った。

一歩二歩三歩と近寄り、鏡面に映る自身の容姿を確認する。

「それにしても……よく似ているなぁ」

ルナ・スペディオ、15歳。

身長158センチ、ほっそりとした体型。

背まで伸びる銀色の長い髪、大きくてクルンとした空色の瞳、健康的で瑞々(みずみず)しい肌。

転生したこの体は、生前の自分とそっくりで、まるで生き写しのようだった。

(名前も同じで肉体の構成も近いから、魂がこの器に吸い寄せられたのかな……？)

そんなことを考えていると、コンコンコンとノックが響き、ゆっくりと扉が開かれる。

「──ルナ様、夕食の御用意ができました」

彼女の名前はロー・ステインクロウ、ルナの身の回りの世話を任せされた侍女だ。

ロー・ステインクロウ、15歳。

身長は163センチ、すらっとした体型。

肩口で揃(そろ)えられた美しい黒髪と鮮やかな真紅の瞳が特徴的な美少女で、クラシカルタイプのメイド服に身を包む。

　ステインクロウ家は、長年スペディオ家に仕える一族。その長女であるローは、ルナと同い年ということもあって、侍女の任に就いていた。

「カルロ様とトレバス様がダイニングでお待ちです。どうぞこちらへ」

「ありがとう」

　ルナはお礼を言いつつ、足元の松葉杖（まつばづえ）を拾う。

　本当はこの手の補助具がなくとも歩けるのだが……。馬車に轢（ひ）かれた直後の今、いつも通りスタスタと歩いていては、さすがに不審に思われる。

　そう判断したため、しばらくの間は松葉杖を突いた生活を送ることにしたのだ。

　ローと一緒に書庫を出たルナは、松葉杖を突きながら廊下をひょっこひょっこと移動し、ダイニングへ続く階段へ差し掛かったそのとき――。

（……はっ!?）

　ルナの脳内に電撃が走った。

（これ、小説で読んだところだ……。間違いない、『悪役令嬢チャンス』！）

　一つコホンと咳（せき）をした彼女は、冷たい表情を作り、悪役令嬢っぽい口調を意識する。

「……ねぇロー、ちょっといいかしら？」

「はい、なんでしょう」

「ここ、きちんと掃除ができてないんじゃなくて？」

　ルナは小説で見た悪役令嬢の真似（まね）をして、階段の手摺（てすり）にスッと指を走らせた。

しかし――。

（……あれ、綺麗だ）

屋敷の掃除は完璧に行き届いており、指先には埃一つ付かなかった。

「ルナ様、どうかなされましたか？」

「な、なんでもありません！」

羞恥に頬を赤らめながら、バッと明後日の方角を向く。

（くっ……。この私に『悪役令嬢ムーブ』をさせないとは、中々できる侍女ですね……っ）

ルナの中で、ローに対する評価が少し上昇した。

「……なんと言いますか、少しお変わりになられましたね」

「えっ!?」

ルナの喉から悪役令嬢から程遠い声が出る。

（もしかして……私が本当のルナ・スペディオじゃないことが、転生したことがバレた!?）

大きく深呼吸をして、気持ちを落ち着かせる。

（ふぅー……大丈夫。常識的に考えて、この短時間でバレるわけがない）

ゆっくりと呼吸を整えた彼女は、努めて冷静に極々自然な感じで問い掛ける。

「そ、そそそそ……そうかしら？　参考までに、どんな風に変わられましたか？」

言葉尻は上がっており、敬語も不細工に崩れている。

明らかに尋常の様子ではない。

「率直に申し上げれば、少々お間抜けになられました」

「はゞ!?（なんという剛速球、中々いい肩をしていますね……っ）」

「ただ……個人的には、今の方が親しみやすく、魅力的に感じます」

「そ、そう？（この娘、いい子！）」

ルナの中で、ローに対する好感度が極大上昇した。

「出過ぎた発言、お許しください。――さぁ、どうぞこちらへ」

その後、ダイニングルームに案内されたルナは、カルロとトレバスと一緒に夕食を取るのだった。

■

それから数日が経ったある日、ルナはスペディオ家のフィッティングルームで、ドレスの着付けを行っていた。

「ちょっ、ロー……コルセット、これ絶対、締め過ぎ……っ」

「ルナ様、もう少しお腹を引っ込めてください」

「む、無理無理無理無理、これ以上は内臓が飛び出ちゃうってば……！」

「我慢してください」

「はぅ!?」

今晩ルナは、とある夜会に出席することになっていた。

エルギア王国主催のこのパーティは、伯爵以上の地位を持つ者のみが出席を許される、『超ハイステータスパーティ』。

ここに招待されること自体が大きな名誉であり、家の名前を売るまたとない好機だ。

ルナ自身、あまりそういう場には出たくなかったのだが……。

（出席しないとみんなに迷惑が掛かっちゃう、よね）

スペディオ家のような辺境の貴族が、王国主催のパーティを欠席したとなれば、王族との間で波風が立ってしまうかもしれない。

もしそうなれば、スペディオ家はもちろんのこと、その領民たちも割を食う羽目になる。

そしてこの夜会は、ルナが転生するよりも前に決まっていたイベント。三百年前からひょっこりと転生してきた自分が、スペディオ家とその領民に迷惑を掛けることは、彼女の性格的に許せなかった。

（まぁそれに、悪役令嬢にとって『家格』は大事だもんね）

最下位の男爵家に生まれた令嬢と最高位の公爵家に生まれた令嬢、理想の悪役令嬢的セカンドライフを送る場合、もちろん後者の方が望ましい。

家格が高ければ高いほど、実現可能な『悪役令嬢ムーブ』の幅は広がるのだ。

（スペディオ家の爵位は伯爵、五爵におけるちょうど真ん中。でも、治めている領地が王都からかなり遠い……。多分、伯爵の中でもかなり下の分類、もしかしたら子爵に近いぐらいかも。『至高の悪役令嬢ムーブ』をするためには、もうちょっと家格を上げておかなきゃ）

今後のことも見据えて、スペディオ家の地位向上も視野に入れなくては……ルナがそんなことを考えていると、ドレスの着付けが終わった。

フィッティングルームのカーテンがサッと開かれ、カルロとトレバスに華やかな装いを披露する。

「えっと、どう……かな？」

ルナが纏っているのは新雪のような純白のドレス。

胸元に光る真紅のネックレスが、ワンポイントとしてよく映えていた。

「おぉ！　我が娘ながら、なんと美しいのだ……！」

「やっぱり白を選んで正解だったわ……！　あなたには昔から、白がよく合うのよ！」

「大変お似合いでございます」

カルロ・トレバス・ローから絶賛されたルナは、

「そ、そう？　えへへ、ありがとうございます」

どこか気恥ずかしそうに頬を掻いた。

それからしばらくすると、屋敷の前に迎えの馬車が到着する。

「ヴァロロロロ……ッ」

雄々しい鼻息を鳴らすのは、軍馬『ヴァロスコーン』。

鋼の如き健脚と無尽蔵の体力を持つ種であり、一日で千キロ踏破することも容易いと言われる。

「――それじゃ、行ってきます」

「あぁ、気を付けてな」

「楽しんでいらっしゃいね」

「行ってらっしゃいませ」

豪奢な馬車に乗り込んだルナは、王都にあるパーティ会場へ向かうのだった。

■

馬車に乗ってしばらく揺られた先は、王城近辺にあるセントルイス宮殿。

受付に招待状を渡し、衛兵の守護する門をくぐり、会場へ続く長い階段を上り、背の高い扉を開けるとそこには――美しく煌びやかな上流階級の世界が広がっていた。

（こ、これは……っ）

床に敷かれた真紅の絨毯・壁に掛けられた高名な画家による抽象画・天井から吊り下げられた黄金のシャンデリア、まさに豪華絢爛という言葉がぴったりと当てはまる会場だ。

（凄いなぁ、いったいどれぐらいのお金が使われているんだろう？）

ルナは気圧されながらも、会場の中に踏み入っていく。

今回のパーティは立食形式となっており、肉・魚・酒——この世のあらゆる贅を尽くした豪華な料理が、これでもかというほどにズラリと並んでいる。

しかし、あそこに飛びつくのは愚の骨頂。

夜会における目的は食ではなく、男。それも自分の家より家格が上の『優良物件』探し。

この華やかな社交の場は、女にとっての戦場なのだ。

（あそこの煌びやかな集団は……多分王族、かな？　ローの話によれば、アリシアっていうお姫様が参加しているんだっけ）

ルナがそれとなく周囲を見回していると、右の方から華美な衣装を纏った女性たちの笑い声が聞こえてきた。

「おっほほほほ。実はこちらのドレス、王都の有名デザイナーが誂えたもので——」

「こちらの宝石は、オルド山脈で採れた希少金属を——」

「当家は、先祖代々国王陛下に仕えた由緒正しい家柄で——」

聞かれてもいない衣装や宝石や家柄のことを、まるで周囲に聞かせるかのように大声でペラペラと語る。

（うわぁ……早速やり合っているみたい）

あれは前哨戦。ドレスや装飾品や血統といった自身のストロングポイントを前面に押し出し、ほんの一ミリでも相手より上に立とうとする、熾烈なマウント合戦だ。

ここで後れを取ろうものなら、その後はまさに『悲惨』の一言。

あれよあれよという間に会場の隅へ追いやられ、夜会の添え物として寂しい一夜を過ごすことになってしまう。

だから、彼女たちは着飾り、自らの衣装を喧伝する。

美しい肌と透き通った髪は、最強の剣。

艶やかなドレスは、鉄壁の鎧。

豪奢な宝石は、飛び道具。

これが夜会における女の武装だ。

（はぁ……。三百年経っても、こういうところは全く変わらないな）

前世におけるルナは、貴族の女性から殊更に嫌われていた。

ルナは元々貧しい農民生まれということもあって、美しく着飾るという習慣がない。

それにもかかわらず、彼女の美貌は『傾国』と称されるほどであり、実際に大勢の男たちを魅了した。

人一倍美しいのに人一倍美に興味がない――そんな姿勢が貴族令嬢の気に障った結果、ルナは裏で陰湿ないじめや嫌がらせを受けた過去を持つ。

（マウント合戦に巻き込まれても面倒だし、あの一帯には近付かないようにしよう）

ルナは自らの意思で会場の端へ移動し、『壁の花』という敗者のポジションに陣取った。

第一線から退くことで、激しい戦火に巻き込まれることなく、無難にこの夜会を乗り切ろうという考えだ。

そうして安全地帯へ避難した彼女は、ぼんやりと窓の外を眺めながら、小さな吐息を零(こぼ)す。

（はぁ……例の小説、見つかるかなぁ……）

ルナは侍女のローにお願いして、古書店巡りをしてもらっていた。

お目当てのブツは、三百年前に人気を博した悪役令嬢の小説。

ルナが処刑される寸前、物語の続きを気にしていたアレだ。

（悪役令嬢のアルシェは、ちゃんと幸せな生活を送れたかな？　実は腹黒い正ヒロインは？　意地悪な隣国の王子は？　片思いに苦しむ幼馴染(おさななじみ)は？　ちょっと間の抜けた魔具屋さんは？　うぅ……話の続きが気になり過ぎて、こんなんじゃ夜しか寝られないよ……）

ルナがため息をついていると、向かいの集団が騒がしくなった。

「あちらの物憂げな少女……。どこの家の御令嬢だろうか？」

「ん……？　おぉ、なんと美しい……っ。あの表情は間違いなく、恋患いをしている顔ですな！」

「ほぉ……どれ、ボクが声を掛けてみよう」

この夜会における『顔役』の一人が、音もなく静かに動き出した。

「――そこのお嬢さん、よろしければボクと一緒にダンスでも……っと、これは驚いた。

ルナじゃないか」

「……ハワード、公爵……っ」

ルナが視線を上げた先には、先日婚約破棄されたばかりの相手――ハワード・フォン・グレイザーの姿があった。

「まさかあの状態から、これほど短期間に全快を遂げるとは……。我が国の回復魔法の発展は、めざましいものがあるね」

「……そうですね」

ルナは半歩後ろに下がりつつ、そっけない返事をする。

明らかな拒絶の反応だが、それを知ってか知らずか、ハワードはさらに距離を詰めてくる。

「しかし、以前にも増して綺麗になったね。なんというか……そう、生命力のようなものが、満ち溢れているような気がするよ」

彼は歯の浮くようなセリフを淀みなくつらつらと述べ――スッと右手を差し出した。

「どうだろう、今夜ボクと一緒に……？」

次の瞬間、マウント山のお猿さんたちに激震が走る。

「は、ははは……ハワード様が……っ」

「あんなどこぞの芋女に夜のお誘いを……!?」

「これは何かの夢よ、そうに違いないわ……ッ」

ハワード・フォン・グレイザーは、王家より公爵の地位を授かった大貴族。

若くしてグレイザー家の当主を継いだ彼は、優れた経営手腕・巧みな交渉術・先進的な軍事財政改革を以って、その領地をさらに発展させた。

領民からの信望は厚く、王族からも一目置かれる存在。

家よし、顔よし、器量よし――この夜会に参戦した全ての戦士が狙う、最上級の物件だ。

しかし、ルナの聖女眼を誤魔化すことはできない。

ハワードの瞳の奥に滾るどす黒い欲望を、ハワード・フォン・グレイザーが持つ悪性を、はっきりと見抜いていた。

「申し訳ございません。今夜は別の予定がありますので……」

ルナが丁重にお断りを告げたその瞬間、

「「「……！！！！？？？？」」」

無音の衝撃がパーティ会場を貫いた。

王国屈指の大貴族である、グレイザー家の当主からの夜の誘いを拒否するなど、正気の沙汰とは思えなかったのだ。

一方、拒絶の返答を受けたハワードは、

「そうか、それは残念だ。もしも気が変わったら、エジオの離宮へ来るといい。甘く優しい、幸せな時間に溺れさせてあげよう」

特に気を悪くした素振りも見せず、パーティの喧騒に消えていった。

　この夜一番の衝撃が去った後、

「あの地味女……っ。ハワード様のお誘いを断るだなんて……ッ」

「あーやだやだ。お高く止まっちゃって……いったいどこの御令嬢様なんでしょうねぇ？」

「ハワード公爵より上の物件なんて、そうそう見つかるものではないのに……いったい何しに来たのかしら？」

　サルコさん（仮称）・サルーティさん（仮称）・サルモンドさん（仮称）――マウント山に棲（す）む獣たちの視線が、ルナのもとへ殺到する。

（だ、大丈夫ですよー、私は敵じゃありませんよー……っ）

　獰猛（どうもう）な肉食獣たちから逃れるようにして、夜会の枠外へ――展望テラスへ移動したルナ。

　安全地帯に避難した彼女は、「今日は綺麗な満月だなぁ」などと呑気（のんき）なことを思いながら、夜会の終わりを待つ。

　音楽隊の優雅な演奏も終幕へ入り、今宵（こよい）もそろそろお開きかという空気が流れ始めたそのとき――事件は起きた。

「――〈烈風（ゲイル）〉」

　何者かが風の魔法を発動し、会場内の明かりが掻き消された。

　すると次の瞬間、窓ガラスの割れる音と男の野太い怒声が響く。

「――アリシア姫を探せ！　金髪の美しい女だ！」

　その命令を合図にして、会場内へ大勢の野盗たちが踏み入った。

それと同時、

「「「きゃぁあああああああ!?」」」

マウント山のお嬢様たちが、甲高い悲鳴をあげて、それぞれの狙っていた貴族（えもの）に抱き着く。

（す、凄い、なんて的確な状況判断能力なの……!?）

ルナは言葉を失った。

さすがは猿山連合というべきか。こんな緊急事態さえも利用するだなんて、どれだけたくましい精神をしているのだろう。

「くそっ、こんな数、いったいどこから!?」

「明かりを持て！　早くしろッ！」

「皆様、落ち着いてください！　危険ですから、一旦外へ！」

警備担当の守衛たちが、すぐさま暴徒鎮圧に乗り出すものの……会場の大混乱に足を取られて、思うように動くことができない。

その結果――。

（はぁ……どうしてこうなっちゃうんだろう……）

ルナは攫（さら）われてしまった。

現在は荷馬車の後部で、仔牛（こうし）よろしく、ガタガタと運ばれている。

（私、銀髪なのに……金髪じゃないのに……）

彼女は自身の髪を指でいじりながら、がっくりと肩を落とす。

夜会を襲った集団は、風魔法で会場の明かりを消してから、標的であるアリシアを狙った。

暗がりを作ることで守衛の視界を潰し、その動きを鈍らせたのだ。

しかし、視界が取れないのは野盗たちも同じ。

だから彼らは、アリシアの『黄金』とも謳われる金色の髪を目印に、あの場にいた金髪の女性を片っ端から攫っていったのだ。

そのとき折悪くバルコニーにいたルナは、淡い月明かりに照らされており、彼女の澄んだ『銀髪』が『金髪』に見えたため、あれよあれよという間に攫われてしまった――というわけだ。

（はぁ……）

再び大きなため息を零したルナは、横目でチラリと周囲の状況を窺う。

現在この荷馬車には、ルナの他に二人の令嬢が囚われていた。

一人は、ターゲットであるアリシア。

「……っ」

元々気弱で引っ込み思案な彼女は、荷馬車の隅で小さくなって震えている。

もう一人は、マウント山の首領サルコ（仮称）。

「この……狼藉者共め！　私をレイトン家が長子サール・コ・レイトンと知っての行いで

すか!?」

彼女は怒声を張り上げながら、力強くダンダンと荷馬車の扉を蹴り付けていた。

中々に対照的な二人である。

（それにしても……雑だなぁ）

ルナは苦笑いを浮かべつつ、自分の置かれている状態を再確認する。

（縄の結びは緩いし、猿轡もしていない。私達が魔法士や魔剣士だったら、どうするつもりなんだろう？　この詰めの甘さは……素人かなぁ）

前世で幾度となく拉致→監禁のアンハッピーセットをいただいてきたルナは、犯行グループの手際から相手の力量を見抜くことができるのだ。

（我ながら、なんて悲しい特技だろう。こんなのいらないよ……）

ルナが嘆息を零し、サルコが怒り狂う中――アリシアが弱々しい声を漏らす。

「わ、私達……これからどうなってしまうのでしょうか……っ」

「さぁ、どうなるんでしょう」

ルナの口ぶりはまるで他人事のようで、ともすれば少し冷たく聞こえてしまうものだった。

しかしもちろん、彼女に悪気はない。

実際のところ、本当の本当に興味がなかった。

こんな頭のおかしい犯行をしでかす輩の考えなんて、わざわざ思慮を巡らすに値しない、そう考えているのだ。

（いつでも逃げられそうだけど、あまり大きな騒ぎは起こしたくないし……。頃合いを見計らって、こっそりドロンしよう）

ルナはそんなことを考えながら、馬車に揺られ続けるのだった。

■

それからしばらくすると馬車は止まり、ルナたちは森の奥深くにひっそりと立つ、寂れた洋館に連れ込まれた。

（うわぁ、凄いホコリ……っ）

蜘蛛の巣が張ったエントランスを潜り、今にも踏み抜けそうな木の廊下を抜けるとそこは、広いリビングルームだった。

まるで生活感のないその部屋には、中央部に椅子が置かれており、暖炉の火がパチパチと周囲を照らしている。

（……これはまた、けっこうなお出迎えだこと）

よくよく見れば、部屋の壁沿いに人影が――ルナたちを取り囲むようにして十人の男たちが立っていた。

彼らの手には鈍器のような得物が握られており、不穏当な笑みを浮かべている。

緊迫した空気が張り詰める中、奥の通路からカツカツという規則的な足音が聞こえてきた。

視界の通らない暗がりの先、優雅な足取りで姿を現したのは、

「――やぁ、手荒な真似をしてすまなかったね」

大貴族ハワード・フォン・グレイザーだった。

「はぁ……またあなたですか……」

「は、ハワード様……!?」

「ハワード卿、どうしてここに!?」

ルナが呆れ、サルコが目を見開き、アリシアが驚愕する中――ハワードは信じられない要求を口にする。

「早速で悪いけど、みんな、服を脱いでもらえるかな？」

「「「……え？」」」

「おや、聞こえなかったのかい？　服を脱げ、と言ったんだよ」

ハワードがパチンと指を鳴らすと同時、彼の背後から二人の男が姿を見せた。

下卑た笑みを湛えた彼らは、暖炉の中から熱せられた鉄棒を取り出す。煌々と輝くその先端には、グレイザー家の紋章が彫られていた。

「そ、そんな物騒なものを持ち出して、いったい何をなさるおつもりなのですか!?」

サルコの問いに対し、ハワードは朗々と答えた。

「ボク、の、所、有、物に家紋を刻もうと思ってね。ほら、自分の道具には名前を書くだろう？　あれと同じだよ」

「「「……っ」」」

ルナ・アリシア・サルコの柔肌に焼き印を——グレイザー家の家紋を刻もうとしていた。

しかも、それだけじゃない。

「さぁ、急ごう。あまりモタモタしていると、夜が更けてしまう。この後には楽しい『撮影会』も控えているからね」

彼の背後には、写影機を手にした男が、下卑た笑みを浮かべて立っている。

ハワードはルナたちに焼き印を刻むだけでは飽き足らず、その姿をコレクションしようとしているのだ。

異様な空気が漂う中、

「ハワード様、あなたのような素晴らしい領主が、いったい何故このような真似を……!?」

信じられないといった表情で、サルコが詰問した。

「どうして、と言われてもね。ボクは苦痛と恥辱に彩られた美女の顔が大好きなんだ。ほら、わかるだろう？　所謂『癖』というやつだよ」

「み、見損ないましたわ……！　あなたのことを尊敬しておりましたのに、最高の領主だと思っておりましたのに……この変態！　外道！　人でなし！　最低ですわ！」

サルコの罵声を聞いたハワードは、小さく頭を落とす。

「はぁ……ボクは騒がしい女性が大嫌いなんだ」

彼がクルリと指を回した次の瞬間、音もなくサルコの背後に忍び寄っていた男がシャベルを振り上げ——彼女の後頭部を思い切り叩き打った。

「あっ、う……っ」

苦悶の声と鮮血が飛び散り、サルコの体がグラリと揺れる。

彼女は前のめりに倒れ伏し、ピクリとも動かなくなった。

そうして一仕事を終えた男は、血の付いたシャベルを乱暴に放り捨て、揉み手をしながらハワードの足元に跪く。

「げへへ、ハワードの旦那ぁ。この女、どうしやしょうか？」

「好きにするといい。でも、死体は残しちゃいけないよ。使い終わった後は、きちんと処分するんだ。いいね？」

「さっすが旦那ぁ！　ありがとうごぜぇやす！」

劣情を隠そうともしない男は、ペコペコと何度も頭を下げた。

「……ここまでの下種は、三百年前にもそういませんでしたよ」

ルナはすぐさま回復魔法を展開。

神秘的な光がサルコの全身を包み込み、頭部の負傷を完全に回復させる。

意識こそまだ戻らないものの、これでもう命の心配はない。

「ほぅ、これは驚いた。ルナには魔法の心得があったんだね」

ハワードの称賛の言葉を受け流し、ルナは魔力を込めた右手を真っ直ぐに伸ばす。

「あまり手荒なことはしたくありません。両手をあげて、膝を突いてください」

魔法を使える者とそうでない者、両者の間には隔絶した力の差がある。

それは男女の筋力差や数的不利を埋めてなお、余りあるものだ。

「なるほど、確かに魔法という絶対的な力があれば、この難局をひっくり返すことも難しくないだろう。だがしかし——愚かだ」

次の瞬間、ハワードの右手に邪悪な焔が浮かび上がる。

「あなたも魔法を……!?」

「ふふっ、驚いたかい？　こう見えてもボクは、グレイザー家で『最強の魔法士』なんだ」

彼はそう言って、余裕綽々の笑みを浮かべる。

(これは……ちょっとマズいかも)

ルナが聖女と呼ばれていたのは、三百年も昔のこと。

魔法の世界は日進月歩。

こうしている今でさえ、魔法の研究は進み、新たな魔法理論が生み出されている。

いくらルナが聖女とはいえ、三百年という空白は、あまりにも大き過ぎた。

(どうしよう、逃げる？　でもそうしたら、アリシア姫とサルコさんが……)

そこまで考えたところで、ふっと我に返る。

（あっ……そうだった。私ってもう聖女じゃないんだ）

ルナは聖女であることをやめた。

もはや自己犠牲を払う必要もなければ、命を懸けて人助けをする義理もなければ、無用なリスクを負う理由もないのだ。

『人類救済』というお題目を捨てた彼女は、冷静にハワードの魔法士としての力量を分析する。

（火属性の魔法を展開しているのにもかかわらず、ハワード公爵からは、まるで魔力を感じられない）

遥か古より、『優秀な魔法士ほど相手に実力を気取られない』と言われている。

実際にルナは、ハワードが目の前で魔法を行使するそのときまで、彼が魔法士だと見抜けなかった。

（……魔力を隠すのが恐ろしいほど上手い、かなり高位の魔法士と見て間違いない）

ルナはハワードの脅威度をグンと引き上げる。

「さぁルナ、無駄な抵抗はやめて大人しく降伏するんだ」

「……無駄な抵抗かどうかは、やってみないとわかりませんよ？」（出口までは十歩、洋館の外は薄暗い森。風魔法で逃げ切れば、撒くことはそう難しくない）」

ルナは会話を繋ぎながら、最善の逃走ルートを構築する。

その一方で、

「ははっ、わかるさ。今まで何人もの生娘が、そう言って必死に抗い――最後には泣きながら、私の靴を舐めたのだからね」

ハワードは優しい笑みを浮かべたまま、下卑たことを朗々と語る。

「……あなたのお話って、どうしてそんなに下品なんですか？」

「どうしてだろうね。多分、ボクの人間性の問題じゃないかな？」

邪悪。

ハワード・フォン・グレイザーは、人の道を踏み外した文字通りの外道だった。

「いやしかし……見れば見るほどに美しい。できることなら、ルナとは争いたくないよ。ボクはキミの容姿を本当に愛しているんだ」

こんなに中身のない言葉は、久しく聞いたことがなかった。

「また随分と軽いお言葉ですね（風魔法の準備よし、逃走経路もばっちり……よし、いける！）」

ルナが脱兎の如く駆け出そうとしたそのとき――。

「ははっ、軽くなどないさ。わざわざ片田舎のボロ屋敷まで足を運び、薄汚い老夫婦に愛想を振り撒く。そんな労を厭わない程度には、ルナの顔と体を愛しているんだ」

「……薄汚い老夫婦……？」

彼女の思考がピタリと止まった。

「ん……？　あぁ、すまない。もしかして、気に障っちゃったかな？　どうにも昔から嘘が下手でね。思ったことをつい口に出してしまうんだ」

脳裏をよぎるのは、馬車に轢かれたルナが無事だと知ったときの、カルロとトレバスの優しい顔。

【ルナ、ルナぁ……】

【よかった、無事で本当によかった……っ】

（あの優しくて温かい二人が……薄汚い老夫婦？）

その発言を聞き逃すことはできなかった。

聖女ルナとして――ではなく、悪役令嬢ルナ・スペディオとして引けない、引いてはいけない一線があった。

ルナが目を尖らせて戦う姿勢を見せると、ハワードはやれやれといった風に肩を竦める。

「はぁ……やる気なんだね？」

「えぇ、こちらにも引けないところがありますので」

「そうか、ならば仕方ない。一度は婚約を誓い合った仲だ。せめてもの慈悲に一撃で終わらせてあげよう。――〈炎〉」

ハワードが右手を伸ばすと同時、灼熱の炎が一直線に解き放たれた。

その瞬間、強烈な違和感がルナを襲う。

（遅……い？　この魔法はフェイク、本命は別角度からの攻撃！　いやでも、周囲に魔力反応はない。もしかして、未知の魔法!?　それとも、遅延発動魔法!?　いや、破却をトリガーとした高等魔法!?)

いくつもの可能性が脳裏をよぎる中、彼女は考え得る限り最善の手を打つ。

(困ったときは……殴る！)

聖属性の魔力で右手を包み、迫り来る炎を殴り消した。

「……は？」

ハワードの口から、間の抜けた声が零れる。

自身の放った魔法が、目の前で突然消失した。

彼の動体視力では、ルナが何をしたのか、捉えることができなかったのだ。

「……ん？」

ルナの口からもまた、困惑の声が零れる。

自身に放たれた弱々しい炎を、とりあえず殴り消した。

彼女の頭では、ハワードが何に戸惑っているのか、理解できなかったのだ。

「……あなたはいったい――」

「……キミはいったい――」

「「――何を？」」

ルナとハワードの言葉が重なり、なんとも言えない沈黙が降りる。

束の間の静寂。

それを破ったのは、ハワードの笑い声だった。

「は、はははは……！　ルナ、キミには驚かされてばかりだ。手心を加えた下位魔法とはいえ、まさか無効化されてしまうとは……少しはできるようだね」

警戒を強めた彼は、さらに強力な魔法を展開する。

「しかし、これならどうする？　――〈獄炎(ヘル・フレイム)〉！」

先ほどよりも一回り大きな火が、真っ直ぐルナのもとへ突き進む。

「……？　（さっきと同じ魔法？　……わからない、いったい何が狙いなの？）」

彼女は迫り来る紅炎にフッと息を吐き、蠟燭(ろうそく)の火が如く吹き消した。

「なん、だと……!?」

今度こそ、ハワードの顔に焦りの色が浮かぶ。

いったい何が起きているのか、どんな手品を使っているのか、まるで見当がつかない。

しかし現実の問題として、最も得意とする火属性の魔法が、ルナにはまるで通用しない。

その純然たる事実に動揺を隠せなかった。

「あの……さっきから何をしているんですか？」

ルナの発した疑問は、心の底から湧き出たものだった。

魔法合戦とはすなわち殺し合い。

命のやり取りをする真剣勝負において、こんな子(こ)ども騙(だま)しのような魔法を使う意味が
――ハワードの意図するところが、まったく理解できなかったのだ。

「な、なるほど、わかったぞ！　天恵か！　ルナは魔法耐性を強化する天恵を持っているんだな!?」

「え？」

天恵。それは選ばれし人間のみが持って生まれる、天より授けられた超常の力。

ハワードは自身の魔法が防がれたのは、ルナの天恵によるものだと推理した。

「いえ、私は天恵なんか持っていませ――」

「――しかし悲しいかな。いくら魔法耐性を強化したところで、そこには『強化限界』という壁がある。……ふふっ、このボクに本気を出させたんだ、あの世で自慢するといい！」

ハワードは自信満々にそう語り、ゆっくりと右手を上げる。

「さぁ、刮目せよ！　最上位魔法――〈冥府の獄炎〉！」

次の瞬間、彼の掌の上に直径一メートルほどの大きな炎球が出現した。

凄まじい熱波を受け、周囲の男たちに驚きが走る。

「な、なんて大魔力だ……っ」

「ひゅーっ、さすがはハワードの旦那だぜ！」

「いくら天恵持ちとはいえ、こんな大魔法を食らったら、ひとたまりもねぇ！」

そしてもちろん、ルナもまた衝撃を受けていた。

「こ、これが……最上位魔法……!?」

「ふふっ、さすがに驚いたようだね？　しかし、後悔してももう遅い。キミは龍の逆鱗に触れてしまっ――」

「――はぁ……この時代の魔法は、随分と廃れてしまったのですね」

「は？」

「――〈炎(フレイム)〉」

次の瞬間、ルナの頭上に灼熱の大炎塊が浮かび上がる。

全容が把握できないほど巨大なそれは、遍(あまね)く総(すべ)てを焼き尽くす焦熱(しょうねつ)の焔(ほむら)。

太陽かと見紛(みまが)うほどの大魔法により、洋館の二階より上が完全に『焼滅(しょうめつ)』してしまった。

「こ、これは……極位(きょくい)魔法〈焔獄焦炎(インフェルノ)〉!?」

呆然(ぼうぜん)と見上げるハワードへ、ルナは淡々と真実を告げる。

「そんな大層なものじゃありません。これはただの下位魔法(フレイム)です」

「あ、あり得ない……こんな……馬鹿なことが……ッ」

歴然とした格の違いを見せ付けられたハワードは、その場で腰を抜かしてしまう。

「ところでハワード様、泣きながら靴を……なんでしたっけ？」

灼熱の炎塊を背負ったその姿は、自然に零れたその台詞(せりふ)は、ハワードを見下したその視線は――紛れもなく『悪役令嬢』のそれだった。

「ひ、ひぃ……っ。助け――」

「――問答無用」

刹那、凄まじい轟音(ごうおん)が鳴り響き、灼熱の衝撃と紅蓮(ぐれん)の爆炎が吹き荒れる。

崩壊した洋館に残火が灯る中、月光に照らされたルナが悠然と佇む。

「大きなことばかり言うくせに、小心者なんですね」

彼女の視線の先では、

「ぁ、ば、ぁばば……っ」

ハワードとその配下たちが、魔法の余波を受けて失神していた。

あのまま消し炭にしても仕方がないので、屋敷から遠く離れた場所に〈炎〉を落としたのだ。

相手の戦意を挫くための軽い威嚇射撃のつもりだったのだが、まさか泡を吹いて気絶するとは思わなかった。

(アリシア姫とサルコさんは……よかった、大丈夫そう)

聖女の大魔力に当てられたアリシアは肩を抱いて震え、サルコは未だ気絶したままだが……ルナの展開した防御魔法のおかげで、二人とも無傷だ。

(さて、そろそろ撤収しようか……ん？)

ルナが帰宅しようとしたそのとき、遠方から馬の嘶きが聞こえた。

(馬の鳴き声と蹄の音……多分、王国の正規兵かな)

彼女の予想は珍しく当たっており、エルギア王国の聖騎士団が、アリシアを奪還しにきていた。

(見つかったら面倒なことになりそうだし、早いところ逃げちゃおっと)

ルナがそんなことを考えていると、アリシアが恐る恐るといった風に声を掛けた。

「あ、あの……ありがとうございました」

「いえ、どうかお気になさらず」

彼女は短くそう言うと、人差し指で空に文字を描く。

「――〈妖精の秘匿（フェアリー・コンシール）〉」

魔法が起動すると同時、淡い光があちこちに浮かび上がり――髪の毛・飛沫（ひまつ）・魔力の残滓（ざんし）、この場に残るルナの痕跡を完全に消し去った。

（よし、これで追跡の魔法を使われても、こっちの身元は割れない）

ルナはこれまで聖女（へいき）として、離宮・地下牢（ちかろう）・内裏などなど、様々な場所に幽閉されてきた過去を持つ。

夜逃げや脱獄は慣れたものであり、その手際はもはや職人のそれだ。もっと女の子らしい特技がほしいものである。

一切の痕跡を消したルナに、アリシアが声を掛ける。

「つかぬことを御伺（おうかが）いするのですが、これからどうなさるおつもりなのですか？」

「それはもちろん、撤収（にげ）ます」

「で、では……最後に一つだけ、お聞きしてもよろしいですか？」

「はい、なんでしょう」

「あなたはいったい、何者なんですか……？」

「私は通りのすがりの聖……いいえ、もう違いましたね。私は通りすがりの――悪役令嬢です」

そうしてルナは走り出し、夜の闇に消えていった。

■

翌日。

自室の椅子に腰掛けたルナは、新聞を片手に紅茶を飲む。

「……」

全国紙のヘッドラインを飾るのは、昨日の夜会襲撃事件、その横にはハワードの青く腫れあがった顔がデカデカと載っている。

（まぁ、妥当な処罰かな）

新聞記事によれば……グレイザー家は公爵の地位を没収、主犯のハワードには、大逆罪によりアーザス極北流刑地での労役999年――実質的な終身刑が下されたそうだ。

一瞬の苦しみで終わる極刑ではなく、死ぬまで続く極寒地区での強制労働。

この決定からは、国王の怒りのほどが窺えた。

「んーっ」

新聞を読み終えたルナがぐーっと伸びをしていると、コンコンコンとノックの音が響く。

「失礼します」

そう言って部屋に入ってきたローは、廊下に置いてあった木箱をガンガンっと山積みにしていく。

「えーっと……これ、何？」

「ルナ様がご所望されていたものです」

「え……う、うそ!?　見つけたの!?　本当に!?」

大慌てで木箱を漁(あさ)るとそこには、彼女が三百年前に愛読していた小説『悪役令嬢アルシェ』の全巻セットが入っていた。

「うわぁ！」

小さな子どものように目を輝かせたルナは、すぐさま第一巻を手に取った。

カバーは日に焼けて色落ちし、くすみや経年劣化があるため、コレクションには向かないものの……中身(ストーリー)を楽しむ分にはなんら問題がない状態(コンディション)だ。

「あ、ありがとう！　ロー、大好き！」

「恐縮です」

空はどこまでも青く、気持ちのいい春風が吹き、小鳥の綺麗(きれい)な声が響きわたる。

「こんな清々(すがすが)しい日は……家に引き籠って、悪役令嬢(きょうかしょ)の小説を読み漁ろう！」

第二章 ✝ 聖女学院

時計の秒針の音が響く、静まり返った部屋の中――。

椅子に深く座り込んだルナは、ローに探してもらった悪役令嬢の小説を読み耽っていた。

「……」

所謂『悪役令嬢もの』は、小説における人気ジャンルの一つ。

基本的なストーリーラインは、悪役令嬢に転生した主人公が前世の知識を駆使して、自身の破滅運命を避けるために尽力する、というものだ。

「ふぅ……」

ちょうど一冊を読み終えたルナは、椅子からスッと立ち上がり、何もない空間に目を向ける。

「――初見だけど、どうやら私は、あなたのことが大嫌いみたい」

虫けらを見るような冷たい目をした彼女は、短くそう言い捨て、クルリと踵を返した。

「……く～……っ」

自室のベッドにバタンと倒れ込み、はしたなくパタパタと足を揺らす。

（わざわざ遠方から謁見を求めて来た、弱小貴族の嫡男に対して、こんな酷いことを言うなんて……聖女失格だ）

空想のシチュエーション・架空の相手・妄想の設定――所謂『イマジナリー悪役令嬢ムーブ』である。

（嗚呼（ああ）、やっぱり悪役令嬢はたまらない。このなんとも言えない背徳感……最高ぅ）

「はふぅ……」

満足気な表情のルナが、枕をぎゅーっと抱き締め、昂（たかぶ）った気持ちを鎮めていると――。

「――ルナ様、大丈夫ですか？」

目と鼻の先にローの顔があった。

「うっひゃぁ!?」

ルナは思わず変な声をあげて、ベッドから転がり落ちてしまう。

「ろ、ロー!?　どうしてあなたがここに!?　ノックぐらいちゃんとしてよ！」

「何度もしましたし、お声掛けもさせていただきました。しかし、返事がないうえ、奇声が聞こえてきたので……」

「そ、そう……。それなら、仕方ないね」

ルナは真っ赤になった顔を隠すため、クルリと反対側を向いた。

立派な悪役令嬢になるには、まだまだ時間がかかりそうだ。

「ところでルナ様。ここ数日、随分とリラックスされておりますが……大丈夫なのでしょうか？」

「大丈夫って、何が？」

「もう間もなく始まる聖女学院の入学試験、そのテスト対策は大丈夫なのか、と聞いております」

「せいじょがくいん……？　にゅうがくしけん……？」

ルナはポカンと口を開けたまま、コテンと小首を傾(かし)げた。

どこからどう見ても、大丈夫じゃない。

「恐れながら……もしかして、例の記憶障害ですか？」

「そ……そう！　それそれ！」

三百年前の聖女(ルナ)と現代のルナ・スペディオの間に記憶の共有はない。

そうなれば必然、ルナと周囲の間で、今回のような『認識のズレ』が生じる。

ルナはそれを埋めるため、自分の記憶にない出来事が発生した場合、馬車に轢(ひ)かれた後遺症――『記憶障害』ということにしていた。

「ごめんロー、ちょっと今すぐには思い出せそうにないから、さっきの話を簡単に説明してもらえる？」

「かしこまりました」

ローはコホンと咳払(せきばら)いをして、聖女学院の基本情報と入学試験の予定について語り始める。

「まずは聖女学院の成り立ちについて、簡単にお話しいたします。今より三百年前――聖女様が処刑されたことにより、彼女を巡る泥沼の戦争は終結、人類は安寧を享受しました。

しかしそれも、長くは続きません。聖女様という抑止力をなくした人類のもとへ、大魔王が再び侵攻を開始したのです」

「ふむふむ（書庫で読んだ本と概ね同じ内容だ）」

「窮地に立たされた人類は、救済の手掛かりを求め、聖女様の旧跡を辿りました。その結果、聖女様の旧家で『予言書』を発見。そこには、聖女様が遠い未来に転生を果たすことが記されてありました。聖女転生という啓示を得た人類は、すぐさま聖女学院を創設、聖女様の発見に全力を注いでいる、というわけです」

「なるほど……（えっ、予言書ってなに？　私、そんなの書いた記憶ないんだけど）」

ルナが訝しがっているところへ、『爆弾』が投下される。

「次に入学試験ですが、日程は明日です」

「明日ぅ!?」

「はい。合否は筆記と実技、双方の素点を合算し、総合的に判断されます。聖女学院に合格するには、聖女にふさわしい教養『聖女学』を修めたうえで、『聖女様たる力』を示さなければなりません」

「い、いや、そんなこと急に言われても……っ」

「ルナ様のお受験、カルロ様やトレバス様はもちろん、領民一同みな応援しております」

ローはそう言って、部屋を後にした。

「…………」

一人ポツンと残されたルナは、

「や、やばいやばいやばい……っ。聖女学ってなに⁉　予言書ってなに⁉　そもそも入学試験が明日ってどういうこと⁉」

頭をガシガシと掻き、パニックに陥る。

しかし、とある考えが頭をよぎり、ふと冷静さを取り戻した。

「待って……そもそもの話、聖女学院に入る必要ってあるかな？」

じっくりたっぷり考えた結果――。

「なんとしても、入らなきゃ……っ」

ルナの心に焦燥の火が灯った。

貴族にとって、面子は大切なものだ。

スペディオ家の跡取り娘が試験に落ちたというのは、はっきり言って、あまり聞こえのよい話ではない。

そして何より、

「悪役令嬢の小説で、学校が舞台というのは、定番中のド定番……！」

実際に彼女が愛読する『悪役令嬢アルシェ』もまた、貴族の学校を舞台とした物語。

聖女学院という学び舎は、悪役令嬢ムーブを行う場として、理想的な環境だった。

（でも……目立ち過ぎるのはよくない）

聖女の力を発揮して、首席もしくは成績上位で合格した場合……聖女バレの確率がグッと上がってしまう。

それでは本末転倒だ。

（理想はそう、ほどほどの成績で合格する。実技は大丈夫だと思うから、問題はやっぱり筆記か……）

ローが言うには、『聖女学』の知識が試されるとのこと。

見たことも聞いたこともない学問、とても一夜漬けでどうにかなるとは思えないが……。

「私は元聖女、きっとなんとかなるはず……！」

ルナは本棚にあった聖女学の教科書を開き、一つでも多くの知識を詰め込もうと励むのだった。

翌日――。

「ふわぁ……おはよぅ、ロー……」

「おはようございます、ルナ様。目の下にクマがございますが、昨夜はあまりよく眠れなかったのですか？」

「うん、ちょっとね……」

まさか「徹夜で詰め込んでいました」なんて言えるわけもなく、言葉を濁した。

その後、いつものようにダイニングで朝食を取ったルナは、スペディオ家の馬車に乗り込む。

窓の外では、スペディオ領に住む人たちが、ルナに熱い声援を送ってくれていた。

「ルナ様、頑張ってくださいね！」

「ルナちゃん、おばぁも応援しておるじゃき！」

「ルナお姉ちゃん、頑張ってー！」

若い男性・老齢の婦人・小さな子ども、スペディオ領の領民たちが勢揃い（せいぞろ）して、ルナの合格を願ってくれていた。

そしてさらに、

「ルナー！　頑張るんじゃぞー！」

「ルナ、応援していますからねー！」

屋敷の屋根に上ったカルロとトレバスは、『絶対合格』と書かれた大きな旗を振っている。

「あ、ありがとうございます、頑張ります……っ」

重くのしかかる期待、ルナの全能力にマイナスの補正が掛かった。

それから馬車に揺られることしばし、王都にある聖女学院に到着する。

「――ありがとうございました」

荷馬車を引いてくれたスペディオ家お抱えの御者にお礼を告げたルナは、改めて聖女学院の校舎と向き合う。

「ここが聖女学院……っ」

見上げるほどに高い時計塔・綺麗に整備された広い庭園・白亜の宮殿のような本校舎、

聖女学院は想像を遥(はる)かに超える大きさだった。

(とりあえず、受付を済ませなきゃ)

正門前に設置された仮設の受付に移動する。

「すみません、受験番号1835番のルナ・スペディオなんですけど……」

「1835番ですね。――はい、確認が取れました。こちらの受験票をお持ちのうえ、大講堂へお向かいください」

「ありがとうございます」

ペコリと一礼したルナは、正門をくぐり、本校舎へ入る。

本校舎の中には大講堂の場所を示す赤い矢印が貼っていたため、超が付くほどの方向音痴である彼女でも、迷うことなく試験会場へ行くことができた。

大講堂に入るとそこは――。

「「……」」

先日出席した夜会とは正反対、清らかで静謐(せいひつ)な空間が広がっていた。

(なんというか、凄(すご)い空間だ……っ)

軽く三百人以上の受験生がいるのにもかかわらず、大講堂はシンと静まり返っている。

唾を呑(の)む音でさえ雑音になりそうで、自然と背筋がピンと伸びた。

ルナは自分の受験番号がマークされた席に移動し、周囲から浮かないように黙って静かに座る。

それからしばらくして、試験開始十分前となった頃、女性教員が大講堂の壇上に立った。

試験監督の腕章を巻いた彼女は、コホンと咳払いをして、受験生の注目を集める。

「これより、第三百回聖女学院の入学試験を開始いたします。入学試験要綱に記されてあった通り、まずは筆記試験から行います」

彼女がパチンと指を鳴らせば、どこからともなく風が吹き出し、受験生の机の上に問題と解答用紙が運ばれた。

風の魔法を使った、合理的な配布法だ。

秒針の動く音が聞こえるような静けさの中、

「それでは――はじめなさい」

開始の合図が告げられ、一斉にプリント用紙をめくる音が響く。

ルナも周囲に遅れまいと動き出し、氏名と受験番号を素早く書き記したところで――膨大な数の問題に顔を顰(しか)めた。

（うっ、凄い量……）

筆記試験は全百問から構成され、問題は全て記述式。

制限時間は二時間、中々にヘビーな試験だ。

（ふーっ、焦っちゃだめだめ。まずは落ち着いて、一つ一つ冷静に解いて行かなきゃ）

彼女は小さく短く息を吐き、第一問に取り掛かる。

問1．聖女様の出生地は？

（これは簡単、グランディーゼ神国ランドニア領カンザス村っと）

問2．幼少の聖女様が拾い育てたという、群れからはぐれた幻獣種の名前は？

（うわぁ、懐かしい。答えは『タマ』。群れに返した後は、一度も会えなかったけど、元気で楽しい一生をまっとうできたかな……）

問3．聖女様が幽閉されていた、アルバス帝国の離宮は？

（あー、あそこは確か……思い出した。ロウザの離宮だ。窮屈な場所だったけど、ごはんだけはおいしかったんだよなぁ）

栄誉ある聖女学院の筆記試験は、当然ながらどれも難問ばかり。

教科書の隅に書かれていることはもちろん、聖女の旧跡を巡っていなければ解けない問題など、非常に高難度の問いがズラリと並ぶ。

しかし、本物の聖女たるルナにとって、問われているものは全て過去に経験してきたこと。

記憶を辿るだけで答えが見つかるため、問題を解くのは容易かった。

（よしよし……これならいける、全問正解まで狙えそう！）

順調に解を導き出したルナの手が、最終問題を前にしてピタリと止まる。

問100．聖女様は処刑される間際に何を思ったか、書き記せ。

最後の問題は、受験生の思想を問うものだった。

（……何を思った、か……）

ルナの答えは――空白。

人類に絶望した聖女は、もはや何も思わなかった。

■

筆記試験が終わった後は、三十分の昼休憩を挟み、実技試験に移る。

実技試験の集合場所は、聖女学院の裏庭にポツンと生えた枯れ木の前。

試験開始一分前に迫ったところで、白い髭を蓄えた老爺が姿を見せた。

左腕に試験監督の腕章を巻いた彼は、木製の杖で地面をゴツゴツと打ち、受験生の注目を集める。

「えー、それではこれより、実技試験を開始する」

老爺は左手で自身の長い白髭を弄びながら、右手の杖で背後の枯れた大木を指す。

「儂の真後ろに生えておる木は、呪われた聖樹ユグドラシル。かつてはこのエルギア王国で、最も美しく力強い大樹だったのじゃが……。三百年ほど前、王国に侵攻した大魔王の闇の魔法を――尋常ならざる強力な呪いを受け、このように枯れ萎んでしまった」

老爺の言う通り、ユグドラシルからは生気を感じなかった。

漆黒に染まった幹は弱々しく、細腕のような枝には葉も蕾も花もついていない。

どこからどう見ても、ただの枯れ木である。

「しかし、この聖樹はまだ死んでおらぬ！　聖属性の魔力を注ぎ込めば、それを生命力に変換し、大魔王の呪いを跳ね返さんとする！　多くの魔力を注ぎ込めば注ぎ込むほど、ユグドラシルは美しく鮮やかに咲き誇る！　今年度の実技試験は、如何に美しく聖樹を咲かせるか——すなわち、受験生の魔力量を測るものじゃ！」

老爺は一呼吸を置き、続きを語る。

「合格の目安は、最低一つの蕾を付けること。これを満たせぬ者は、聖女の資質はおろか側仕えをする資格なし。この場で不合格を言い渡す」

厳しい言葉を受け、受験生に緊張が走る。

「さて、それでは始めようか。まずは——アスコート、カレン・アスコート」

「は、はい！」

名前を呼ばれた赤髪の女生徒が、一歩前に踏み出した。

緊張した面持ちでユグドラシルの前に立った彼女は、漆黒に染まった幹に両手を添え、自身の魔力を流し込む。

その結果、五つの蕾を付け、そのうちの一つが桃色の華を咲かせた。

「ほぅ……いきなり咲かせおったか。悪くないぞ、カレン・アスコートよ」

「ありがとうございます！」

老爺から褒められたカレンは、嬉しそうに頭を下げ、受験生の待機列に下がっていく。

彼女からの魔力供給が断たれると同時、大魔王の呪いが再び活性化し、ユグドラシルは元の枯れた状態に戻った。

その後、大勢の受験生が実技試験に挑んだ。

ある者は、蕾を一つだけ付けた。

ある者は、蕾と緑の葉を付けた。

またある者は、蕾を付けることさえできず、その場で不合格となった。

そしてついに――ルナの番が回ってくる。

「では次、スペディオ。…………むっ、スペディオ？　おらぬのか、ルナ・スペディオ？」

「えっ、あっ、ひゃい！」

スペディオという新たな姓に慣れていなかったため、反応に遅れた挙句、返事の声が裏返ってしまった。

「ぷっ、あはは……っ。何あれ、緊張し過ぎでしょ」

「あらあら、どこのおのぼりさんかしら？」

「きっと凄い田舎からいらしたんでしょうね。スペディオなんて家名、聞いたことがありませんもの」

周囲の受験生たちから冷ややかな視線が注がれる中、ルナはただ一点、聖樹(せいじゅ)ユグドラシルを見つめていた。

周りの雑音など、まったく耳に入らない。

何せ彼女は今、それどころではなかったのだ。

（これは……マズイ、かも……ッ）

聖女の魔力は大魔王の魔力に対し、絶対的な威力を発揮する。

注ぎ込む魔力の量を間違えれば、聖樹に掛けられた呪いを解いてしまうかもしれない。

たとえそこまでいかなくとも、派手に咲かせてしまったら、無用な注目を浴びてしまう。

（ふー……落ち着こう、きっと大丈夫）

両手で軽くパンパンと頬を叩き、そっと聖樹の幹に触れる。

（……蕾を一つ二つ付けるなら、これぐらい、かな？）

ルナが恐る恐る極々少量の魔力を流し込んだその瞬間――聖樹ユグドラシルに異変が起きた。

痩せ細った黒い幹は力強く健康的な茶色を纏い、枯れ朽ちた枝は音を立てて伸び、そこに結んだ数多の蕾は艶やかな桜色の華を咲かす。

まさに満開。

聖樹ユグドラシルは、三百年の時を超えて、真の姿を取り戻した。

「そん、な……馬鹿な……!?」

試験監督の老爺は、思わずその場で崩れ落ち、

「す、凄い、なんて綺麗なのかしら……っ」

「これが聖樹ユグドラシル……！」

その場にいる受験生たちもみな、あまりの美しさに見惚れていた。

一方のルナは、

（し、しまった……ッ）

背中にびっしょりと冷や汗をかき、すぐさま魔力の供給を遮断。それと同時、大魔王の呪いが聖樹全体を駆け巡り、ユグドラシルは再び元の枯れ木に戻った。

「「……」」

なんとも言えない沈黙が降りる中、

「す、スペディオ！　もう一度、今すぐもう一度やってみなさい！」

「は、はい……っ」

興奮した老爺に肩を揺さぶられ、再チャレンジを強いられた。

期待の視線が注がれる中、

（……ここでしくじったら本当の本当に終わる。私はまた聖女として担ぎ上げられ、理想の悪役令嬢ライフは遠い彼方に消えてしまう……っ）

彼女は大きく深呼吸をし、魔力制御に全神経を集中させる。

（もうミリ、限界ギリギリまで出力を落として……ほんの一瞬だけ、魔力を――流す！）

その結果、ポンっと一つの蕾が実を結んだ。

「……うぅむ、やはり先ほどのは、何かの間違いか。おそらくは受験生の注いだ魔力が聖樹の内部に溜まり続け、たまたま偶然スペディオのタイミングで解放された――こう考えれば筋は通る。しかし……あれは綺麗じゃったのぅ。今度在校生を集めて、先の現象を再現してみても面白いかもしれぬ」

老爺はブツブツと独り言をつぶやき、完全に自分だけの世界へ入っていた。

「あ、あの……すみません、もう戻ってもいいでしょうか？」

ルナが問い掛けると、彼はハッと我に返った。

「おっと、すまんすまん。つい夢中になっておった。ルナ・スペディオ、もう下がってよいぞ」

「はい」

受験生の待機列へ戻るルナの背中へ、敵意の混じった視線がグサグサと突き刺さる。

「……なにあれ、嫌な感じ……」

「偶然たまたま咲かせられただけのくせに、得意気な顔しちゃってさ……」

「自分が聖女様の生まれ変わりだって、勘違いしているんじゃないのかしら？」

受験生たちが小さな声でボソボソと嫌味を口にする中、

（……うぅ、みんなめちゃくちゃこっち見てる。絶対これ悪目立ちしちゃったよ……っ）

ルナはがっくりと肩を落とし、小さくなって項垂れるのだった。

■

聖女学院の入学試験が終わったその翌日、

「あー、ぅー……」

ルナは自室のベッドの上でゴロゴロ――否、そわそわしていた。

「……なんか気持ちが落ち着かない」

自分の合否が宙ぶらりんになっているこの状況が、もどかしくて仕方がなかった。

「こういうときは――気分転換！」

勢いよくバッと跳ね起きたルナは、父カルロの執務室へ向かう。

「あの、今ちょっといいですか？」

「どうしたルナ、何か用事か？」

「実は地下倉庫の鍵を借りたくて……」

「あぁ構わんよ。ほら、持って行きなさい」

カルロは机の引き出しから鍵を取り出し、それをルナに手渡した。

「ありがとうございます！」

「あそこには危ないものも置いてあるから、怪我(けが)をしないように気を付けるんだぞ？」

「はーい！」

ルナは小走りで、スペディオ家の地下倉庫へ移動。

「えーっと、確かこの辺りに……あった！」

彼女の視線の先には、身の丈2メートルほどの全身甲冑(ぜんしんかっちゅう)『プレートアーマー』と呼ばれる、鉄製の大きな鎧があった。

先日、倉庫の掃除を手伝ったときに目を付けていたブツだ。

カルロから「ここにあるものは好きに使っていい」と言われているため、遠慮なく自室へ運び込み、部屋の中央にそっと寝かせる。

「うん……私の睨んだ通り、これは使えそう！」

ルナはこの二度目の人生を、自由に楽しく生きたかった。

悪役令嬢ムーブを決めたり、冒険者となって外の世界を気ままに旅したり、ストレス発散に大魔法をぶっぱなしたり――一度目の人生でできなかったことを、我慢していたことを、諦めていたことを、思う存分にやりたかった。

しかし、ここで障壁となってくるのが、『聖女バレ』という特大リスクだ。

（私が聖女だとバレたら、もう静かには暮らせない。人里離れた山奥にひっそりと住むか、聖女としての人生を受け入れるか――どちらにせよ、理想の悪役令嬢ライフは遠い彼方に消えてしまう……）

現状、ルナ・スペディオという器だけでは、彼女の行動に大きな制限が掛かってしまう。

それを解決するのが、このプレートアーマーだ。

ひとたびこれを纏えば、全身の九割を隠せる。

残り一割――どうしても鎧で覆えない関節部分については、魔力で作った薄い膜を張ることで、皮膚の露出は完璧にゼロ。

つまり、この鎧を纏って冒険者として活動すれば、聖女バレを気にすることなく、外の世界を自由に動き回れるというわけだ。

悪役令嬢ルートはルナ・スペディオとして、外の自由な世界ルートは冒険者として、この二刀流で開拓していこうというのがルナの考えである。

「さて、と……まずは埃(ほこり)を取らなきゃ、〈洗濯(ウォッシュ)〉。それから傷(いた)んでいるところを直してっと、〈修復(リペア)〉。後は……ちょっと今風にデザインを変えてっと、〈錬金(アルケミー)〉」

鎧の外面を整えたルナが、その胸部を軽く叩いてみると――カンカンという、なんとも頼りない音が返ってきた。

「このままじゃちょっと耐久性が不安かも……」

鎧に使われている板金は薄く、安物であろうことが容易に想像できた。

「とりあえず、最低限の補強をしておこっと。〈火耐性(レジスト・ファイア)〉〈水耐性(レジスト・ウォーター)〉〈雷耐性(レジスト・ライトニング)〉〈衝撃耐性(レジスト・ショック)〉〈斬撃耐性(レジスト・スラッシュ)〉〈空間耐性(レジスト・スペース)〉〈時間耐性(レジスト・タイム)〉〈即死無効(リジェクト・デス)〉〈自動修復(オートリペア)〉――」

パッと思いつく限りの魔法で強化。

「うん、これでちょっとはマシになったかな」

下準備を済ませたルナは、いよいよ鎧を着ていくのだが……身長158センチの彼女に、2メートルのプレートアーマーは些(いささ)か大き過ぎる。

そのためここで、一つ工夫を挟むことにした。

「――〈浮遊(フロート)〉・〈感覚同期(リンク)〉」

ルナ本体は〈浮遊〉で鎧の内部に浮かび、〈感覚同期〉で自分と鎧の動きを同期する。

「よっ、ほっ、はっ！」

姿見の前でいろいろなポーズを取ると、自分の動きに合わせて鎧も同じように動いた。

同期は完璧、これならば鎧を着たまま、自由に動き回れるだろう。

「残る問題は……やっぱり『声』かな」

2メートルを超すプレートアーマーの中から、女性の高い声がするのは違和感が大きい。

「冒険者だし、この体格だし、やっぱりここは男性設定でいくのが自然だよね」

そう結論付けたルナは、喉のあたりに力を入れて、低い声の練習をする。

「私は……ゴホン、私は……」

それからチューニングすることしばし、

「私は冒険者……うん、いい感じかも！」

低い声＋男性っぽい落ち着いた口調が完成。

こうして外で自由に動き回れる器を手に入れたルナは、

「それじゃ早速、『冒険者ギルド』へ……レッツゴー！」

空間魔法〈異界の扉〉を展開し、王都の街へ飛ぶのだった。

王都の町に瞬間移動したルナは、書庫から持ってきた地図を片手に、賑やかな大通りを闊歩する。

「お、おい、あれ見ろよ……」

「ん……？　うぉ、なんだあれ!?」

「でけぇな……2メートルはあるぞ。有名な冒険者か？」

2メートルを超すプレートアーマーが、ガッシャガッシャと歩く姿はまさに異様の一言で、道行く人たちの視線をこれでもかというほどに集めているのだが……。

（うわぁ、視点が高い！　背の高い男の人は、こんな感じなんだ……！）

未知の経験に胸を高鳴らせているルナは、完全に自分の世界に入っていた。

そのまま街中を歩き続けることしばし――冒険者ギルドに到着した彼女は、扉を開けて中に入る。

「なんか懐かしいなぁ……」

ルナが冒険者ギルドに入るのは、何もこれが初めてではない。

三百年前、大魔王を討つために聖女パーティで活動していた頃、何度か足を運んだことがあるのだ。

（王都のギルドに来るのは初めてだけど……うん、どこもだいたい一緒だ）

真昼間から開いている酒場・忙しそうな受付カウンター・依頼の張り出されたクエストボード、基本的な内装はどこの国のギルドも変わらなかった。

（えーっと、まずは冒険者登録をしなきゃだから……っと、あったあった）

ギルド内をグルリと見回すと、『冒険者登録窓口』という立て札を発見。

しかし、そこでは何故か……。

「ふっ、ふっ、ふっ……」

黒いサングラスを掛けたスキンヘッドの大男が、額に汗を浮かべながら短刀を研いでいた。

（うーん、殺し屋さんかな？）

たとえ聖女といえども、どれほどの死線を潜っていようとも、基本的な感性は十代の少女と同じ。

はっきりと言うならば、あの人に声を掛けるのはちょっと怖かった。

（他の受付は……あっ、優しそうな女の人だ）

ルナは駄目元で、一般の受付窓口へ足を運んでみることにした。

「あのすみません、冒険者登録をお願いしたいんですけれど……」

「はい、冒険者登録でしたら、あちらへどうぞ」

指し示されたのは、殺し屋の待つ窓口。

「で、ですよねー……」

無慈悲な案内を受けたルナは、がっくりと肩を落とす。

（……行くしかない、よね）

大きく深呼吸をした彼女は、意を決してスキンヘッドのもとへ向かった。

「あ、あの、冒険者登録をお願いしたいんですけれど……」

「……あ?」

スキンヘッドの大男がヌッと立ち上がり、血走った眼でルナのことを睨みつける。

「……(こ、怖ぁ……っ)」

情けない声を出しそうになったが、ギリギリのところで耐えた。

「……ほう、俺の圧にビビらねぇか。そこそこの胆力はあるらしいな」

彼は手に持った短刀をしまい、ゴホンと咳払いをする。

「俺はギルド長のバーグ。お前さん、冒険者登録を希望してんだな?」

「は、はい」

ルナがコクリと頷くと、バーグは小棚の引出しから一枚の羊皮紙を取り出した。

「そんじゃまずは、ここに必要事項を記入してくれ」

「わかりました」

ルナは備え付けの羽根ペンを取り、自分の情報をサラサラと書いていく。

氏名・年齢・性別欄などを予め決めていた、『冒険者用の設定』で埋めていく中、一つ困ったことが出てきた。

「すみません、住所なんですが……」

名前や年齢などは偽りのものでも問題ないが、住所だけは別だ。

何か郵送物などがあった際、困ったことになってしまう。

「あぁ、別に空白でいいぞ。形式上、住所欄があるだけだ。なんなら名前も本名じゃなくていい。冒険者の中には、素性を隠したいやつもいるからな」

「なるほど……」

それからほどなくして、必要事項を書き終えたルナは、バーグに羊皮紙を提出する。

「――できました」

「おう、見せてみろ。名前は……シルバー・グロリアス＝エル＝ブラッドフォールンハートぉ？」

「はい！」

ルナは自信満々に胸を張って答えた。

何を隠そうこの名前は、彼女が考えに考え抜いた『最高の一品』なのだ。

「長ぇな、シルバーでいいだろ」

バーグはそう言うと、斜線二本で『グロリアス＝エル＝ブラッドフォールンハート』を消してしまった。

「え!?」

わなわなと震えるルナをよそに、バーグは次のステップへ進む。

「よし、そんじゃ後は『テスト』だな」

「……テスト？」

「冒険者は常に死と隣り合わせの過酷な仕事だ。ちゃんとやっていけるかどうか、登録の際にテストをすることになっている。こっちとしても、新人にポンポン死なれちゃ、寝覚めが悪ぃからな」

「なるほど」

バーグの説明にルナは納得を見せる。

「テストの内容は、各冒険者の『職業』によって異なるんだが……。シルバー、お前はなんなんだ？　まさかその格好で魔法士ってことはねぇだろうが、他に得物も見当たらねぇ。どうやって戦うんだ？」

「えっ、あ、あー……」

ルナは返答に窮した。

どんな武器を使って戦うのか、冒険者シルバーの『設定』を固め切れていなかったのだ。

「えーっと……そう、ですね……。今日のところは、拳でいきます」

「拳ぃ？　なんだお前、そのナリで拳士だってのか？」

「ま、まぁそんなところです」

「ふーん、変な野郎だな……。そんじゃまっ、ちょっくら拳士用のテストを準備してく――」

バーグが準備を始めようとしたそのとき、冒険者ギルドの扉が勢いよく開け放たれた。

「――みんな、ただいまー！」

元気よく入って来たのは、肩に大きな革袋を掛けた、白髪の若い剣士。

「ったく、また騒がしいのが帰って来やがったな……」

「誰ですか？」

「なんだお前、アイツを知らねぇのか？　天賦の剣聖――オウル・ラスティア、うちのギルドで最強の剣士だ」

オウル・ラスティア、15歳。

身長は165センチ、剣士としては比較的小柄な体型だ。

白髪のミドルヘア・大きな琥珀の瞳・人懐っこい顔をしており、冒険者装束に身を包む。

彼は聖騎士としての最高位『剣聖』の地位を戴きながら、趣味で冒険者活動を嗜む変わり者であった。

「天賦の剣聖、最強の剣士……」

その称号は、ルナの琴線に触れた。

（二つ名、か。……うん、ちょっとかっこいいかも。私も何かいい感じのほしいなぁ）

彼女がそんなことを考えていると、オウルが軽やかな足取りでバーグのもとへやって来た。

「バーグさん、頼まれていたS級クエスト、ちゃんとクリアしてきたよ。これが討伐証明部位、ボルドクススの宝玉ね」

オウルはそう言って、肩に掛けた革袋から、淡い光を放つ玉を取り出した。

「おぅ、さすがだな」

「後それから……はいこれ、ライアスの地酒。確か好きだったでしょ？」

「おぉ!?　どうしたどうした、今日はえらく気が利くじゃねぇか！」

「いつもお世話になっているから、たまにはね」

酒瓶に頬ずりするバーグをよそに、オウルはルナの方へ目を向ける。

「しかし……大きいねぇ、お兄さん。何を食べたらそんな風になるの？」

「えっ、あっまぁ……普通の食事です」

本体は158センチしかありません——などと言えるわけもなく、ぎこちない返事を返すルナ。

すると、

「うーん……？」

オウルはルナの顔をジッと見つめたまま、不思議そうに小首を傾げた。

「あの……私の顔に何かついていますか？」

「あれ、おかしいなぁ……。お兄さん、ボクの天恵【魔力感知】に引っ掛からないや」

「ちょ、調子が悪いんじゃないですかねぇ……？」

ルナはそう言って、明後日の方角を見た。

彼女は聖女バレを防ぐため、常日頃から〈魔力探知不可〉という特殊な魔法を使い、自分の魔力を徹底的に隠している。

そのためオウルの天恵が機能しないのは当然の結果なのだが……あまり詳しい話をすると、何やら面倒なことになりそうだったので、適当に誤魔化すことにした。

「ふーん、調子が悪い、ねぇ……」

オウルは訝しげに呟くと、バーグの方に目を向けた。

「バーグさんが対応しているってことは、この人、冒険者登録をしに来たんでしょ？」

「あぁ。こいつはシルバー、ちょうど今からテストを受けるところだ」

「そっかそっか。それじゃ――ここで会ったのも何かの縁だし、ボクがシルバーをテストしてあげるよ！」

オウルは人懐っこく笑いながら、とんでもない提案をしてきた。

「おい、何を馬鹿なこと言ってんだ。こんな冒険のイロハも知らねぇド新人が、お前のテストに受かるわけねぇだろ」

「大丈夫大丈夫、そんなに厳しくしないってば。それにこのギルドの信条は、『冒険者を死なせない』でしょ？　ボクがこの眼で見て「いける」と判断したなら、その人は絶対に大丈夫……違う？」

「まぁ、そりゃそうだが……」

「それに……弱い冒険者は、これ以上いらないよ。愚図はどこまで行っても愚図だ。役に立たないどころか、足手まといになる」

そう冷たく言い放ったオウルの瞳は、昏く淀んでいた。

「っというわけで、今回のテストは、ボクが担当させてもらうよ」

「は、はぁ……」

「テストの内容はとってもシンプル。ボクに一発でも攻撃を当てられたら、その時点で即合格だ」

「えっ、そんな簡単でいいんですか？」

「簡単、か……。ふふっ、いいね。そういう青さ、ボクは好きだよ」

ともすれば挑発にも聞こえるルナの発言を受け、オウルの内なる闘争心が煽られた。

「制限時間は三分間。場所は……そうだなぁ、ギルドの地下にある修練場を使わせてもらおうかな。――いいよね、バーグさん？」

「ったく、好きにしろ」

そうしてギルド長の許可を取り付けたオウルは、

「それじゃ、行こっか」

明るく陽気に歩き出し、ルナとバーグはその後に続いた。

修練場への移動中、オウルは横目にルナの様子を窺う。

（この感じ……ハズレ、かな）

彼は心の中でため息を零した。

（天恵【魔力感知】が反応しなかったから、もしかすると爪を隠した実力者なのかもと思ったけど……これは駄目だ。歩き方はド素人、隙だらけなうえ、覇気もまるでない……。

ボクがその気なら、キミはもう十回以上死んでいるんだよ、シルバー？）

　地下への階段を下っていき、薄暗い廊下を抜けた先――ぽっかりと開けた空間に出た。

「ギルドの地下にこんな空間が……」

　ルナが目を丸くしていると、バーグが横合いから説明を加える。

「この修練場は、先代のギルド長が掘った場所でな。冒険者の技量向上のために一般開放されてんだ。……つーかお前ら、なんで付いてきた？」

　彼が後ろを振り返るとそこには、酒瓶を持った冒険者がズラリ。

「へへっ、別にいーじゃないっすか。俺たちのことは、芋かなんかと思ってくださいよ」

「あの天賦の剣聖が、新人をテストするなんて……中々おもしれぇイベントじゃねぇか！」

「なー、酒の肴にゃちょうどいいぜ！」

　一階の酒場で飲んだくれていた彼らは、物珍しいイベントに釣られてきたのだ。

「はぁ、ほんと仕方ねぇ奴等だな……」

　バーグはボリボリと頭を掻き、チラリとルナに目をやる。

「おいシルバー、どうする？　なんだったら、こいつら全員叩き出してもいいぞ？」

「いえ、別に構いませんよ」

「そうか？　まぁお前がいいなら、俺は別に構わねぇんだがよ……」

　二人がそんな話をしていると、オウルがパンと手を打った。

「さっ、それじゃテストを始めよう。盛り上がっているオーディエンスが、冷めちゃわないうちにね」

ルナとオウルは互いに向かい合ったまま、五メートルほどの十分な間合いを取った。

「あっ、敢えて言うまでもないけど、当然ボクはシルバーの攻撃を避けるよ？　ボーッと突っ立ったままじゃ、テストにならないからね」

「えぇ、もちろんです」

「それから最後に一つ、これはアドバイスだ。……多分だけど、殺す気で来ないと無理だと思うよ？（まぁ殺す気で来たところで、無駄な努力に終わるだろうけど）」

「はい、わかりました」

頷くと同時、ルナはしばし考え込む。

（この人、『剣聖』っていうなんか凄い人っぽかったし……多分、かなり強いんだよね？）

彼女は相手の力量を把握するのが、極めて苦手だった。

ただ単純に鈍いと言えばいいのか、探知力が低いと言えばいいのか……とにかく、相手の実力を推し測るのが恐ろしく下手なのだ。

まぁ殴り合ってみればわかるでしょう。

そんな超脳筋スタイルこそが、聖女様の本道なのだ。

（ギルド長のバーグさんが『最強の剣士』って紹介するぐらいだから、きっと強いとは思うんだけど……。前に自称最強の魔法使いとかいう変なのもいたしなぁ……）

転生して間もないルナは、この世界における『強さの基準』を摑みあぐねていた。

（万が一のことが起きたらアレだし、制限時間は三分もあるし、最初はゆっくりでだんだん速くしていこう）

ルナが思考を纏め終えたところで、オウルが無邪気にニッと微笑む。

「作戦準備はできたかい？」

「えぇ、ばっちりです」

「それはよかった」

オウルは相手を小馬鹿にした笑みを浮かべ、スッと両手を水平に広げた。

「さぁ、いつでもおいでよ」

適当に相手して、不合格にしてしまおう。

そんな彼の考えは、一瞬にして崩れ去る。

「では――行きます」

ルナが軽く一歩前に踏み出したその瞬間、オウルの天恵【死の前兆】が起動した。

（……はっ……？）

彼の脳裏に映るのは、コンマ数秒後の未来。

ルナの右ストレートを顔面に受け、見るも無残な姿で死に絶えた――自分の姿。

（天恵の誤作動、か？　いやそんなことは、これまで一度もなかった。今の未来予知はいったい……？）

思考が纏まらない中、目の前の鎧がゆっくりと動き出した。

素人同然の構えから、右腕を後ろに軽く引きつつ、一歩前に踏み込む。

「えっ」

刹那、オウルの視界を埋めたのは——鉄製の拳。

受ければ即死の破滅的な打撃。

(待て、間合い、いつ詰めた⁉ 右拳、速い、風圧凄っ、これマズ……死……ッ)

(これぐらいなら、きっと大丈夫だよね？)

ルナの軽く放ったパンチが迫る中、オウルは最高・最速の判断を下す。

(【敏捷性強化(リーンフォース・アジリティ)】・【膂力向上(りょりょく)】・【神速反射】・【初撃回避】・【幸運の女神】……！)

天恵(ギフト)は一人に一つ。その常識を覆したのが、天賦の剣聖オウル・ラスティアという男だ。

生まれながらに百以上の天恵(ギフト)を有するオウルは、人の域を超えた力を誇り、史上最年少で剣聖の座に上り詰めた。

そんな規格外の天才が、ありったけの天恵(ギフト)を総動員した結果——。

「へぶっ⁉」

ルナの右ストレートが、オウルの顔面に炸裂(さくれつ)した。

まるで水風船を割ったかのような音が響き、地面と水平に吹き飛んだ彼は、ギルドの壁に深々とめり込む。

「「「……は？」」」

観戦していた冒険者たちはみな、我が目を疑った。

「うそ、だろ……？」

「あの天賦の剣聖が、たったの一撃で……っ」

「つーかあれ、死んでねぇか……？」

オウルは壁面に刺さったまま、ピクリとも動かない。

鎧の中のルナは、顔面蒼白になっていた。

（あ、あれ……もしかして殺っちゃった……？）

「あの……大丈夫、ですか？」

ルナが恐る恐る問い掛けるも、オウルから返答はない。

（ど、どうしよう、本当に殺っちゃったかも……っ。軽くパンチしただけなのに、そんなつもり全然なかったのに……ッ）

彼女が目をグルグルと回していると、背後からカンカンカンと階段を下りる音が聞こえてきた。

「凄い音と揺れでしたけど、下でいったい何をし、て……オウルさん!?」

様子を見に来た受付嬢は、信じられない光景に目を見開く。

「な、何をしているんですか!?　みなさん早くこっちに来て、彼を壁から掘り出してください！」

彼女にそう言われて、呆然と立ち尽くしていた冒険者たちがおずおずと動き出した。

四人掛かりでゆっくりと下半身を引っ張り、壁に埋まったオウルの上半身を慎重に発掘していく。

「よ、よかった、まだ息はある……！」

受付嬢はホッと胸を撫で下ろし、すぐさま上の階に応援を呼ぶ。

「――すみません、大至急備蓄のポーションを持って来てください！　それからすぐに病院へ連絡を……！」

オウルは完全に意識を失い、戦闘不能になっていたが――それでもまだ生きていた。

【死の前兆】でルナの攻撃を正確に予知し、強化系の天恵で敏捷性・反射神経・幸運などの基本スペックを大幅に向上させることで、本来ならば鼻っ柱に直撃していたはずのパンチをほんの数ミリ横にズラしたのだ。

たかが数ミリ、されど数ミリ。

この僅かな差が、彼の生死を分けた。

（あぁ、よかったぁ……。オウルさんが生きていて、本当によかった……）

ホッと安堵の息をつくルナの背後で、冒険者たちがざわつき始める。

「つ、つーかよぉ、いったい何が起きたんだ……？　まばたきをした次の瞬間には、オウルさんがぶっ飛んでいたんだが……」

「……わからん、俺もまばたきをしちまっていたみたいだ」

「お、俺もまばたきをしたら、オウルさんが壁から生えていたぜ」

この場にいる冒険者全員が、偶然にも同じタイミングでまばたきをしたため、誰もその瞬間を見ていなかった。

　当然ながら、実際のところは違う。

　彼らはまばたきなどしていない。

　ルナの動きがあまりにも速過ぎて、視認できなかっただけだ。

「しかし、あのシルバーって冒険者は、只者じゃねぇな……」

「あぁ、天賦の剣聖をボコしちまうとは、とんでもねぇ奴だ」

「俺……ちょっとサインもらってこようかな」

　ルナの背中に好奇の視線が刺さる中、バーグが感心しきったように頷く。

「あの馬鹿が油断し過ぎたとはいえ、正直この結果には驚いたぜ。シルバー、お前中々やるじゃねぇか――合格だ！」

「あ、ありがとうございます！」

「よし、それじゃ最後に別室で簡単な講習を行う。こっちだ、付いて来い」

「はい」

　バーグに連れられて一階の会議室へ移動したルナは、それからみっちりと三時間、『簡単な講習』を受けることになった。

「冒険者は如何なるときも、自分とパーティの命を最優先に考えなければならない。クエストの達成なんざ、二の次三の次だ。その心はな――」

　バーグの指導は、とにかく熱かった。

冒険者の基本的な知識や心構え。

さらには彼の提唱する独自の理論――装備が壊れているかもしれない、ポーション瓶に穴が開いているかもしれない、あそこの岩陰に魔獣が潜んでいるかもしれない、『かもしれない冒険』の極意を叩き込まれた。

「――よし、まぁこれぐらいでいいだろう」

「あ、ありがとう……ございい、ました……っ」

知恵熱を出しそうなほど憔悴したルナが、ペコリとお辞儀をする。

「さぁ受け取れ、これがシルバーの冒険者プレートだ！」

「お、おぉ……！」

手渡されたのは、鉄製のプレート。

シルバーという名前と登録番号が彫られたそれは、冒険者の身分証明書だ。

「新人冒険者はみんな、最下位の鉄級からスタートする。その後、難易度の高いクエストをこなして、『上』に実力を認められることで、鉄↓銀↓金↓白金↓ミスリル↓オリハルコンってな感じで昇格していく」

「なるほど……」

真面目な顔で説明を受けてはいるが、ルナの内心は嬉しさでいっぱいだった。

（えへへ、鉄級冒険者かぁ……っ）

三百年前、彼女はあくまで『聖女』という枠であり、『冒険者』ではなかった。

冒険者という新たな身分を手に入れたことが、新しい人生の一歩を踏み出したような感じがして、なんだかとても嬉しかったのだ。

「それでどうする、早速受けてくか？」

「えっと、何をですか？」

「馬鹿、依頼に決まってんだろ」

「あっ、そうですね。せっかくなので、ぜひお願いします」

「クエストの受注は、あっちの受付でやっている。その冒険者プレートを渡せば、後はまぁ流れで行けるだろ」

「はい、わかりました」

そうして受付に足を向けたルナは、途中でピタリと足を止め、クルリと振り返った。

「どうした、まだ何か聞きてぇことでも――」

「――バーグさん、いろいろと教えていただき、ありがとうございました」

彼女はそう言って、ペコリと頭を下げた。

バーグは恐ろしいほどの強面（こわもて）で、講習も信じられないほど長かったのだが……。

自分のギルドで活動する冒険者を無駄死にさせたくない――そんな熱い想（おも）いがひしひしと伝わってきた。

「馬鹿野郎、俺はただ自分の仕事をやっただけだ。礼なんざいらねぇよ」

彼はぶっきらぼうにそう言って、ぷいとそっぽを向く。

それが単なる照れ隠しであることは、誰の目にも明らかだ。

こうして無事に冒険者登録を済ませたルナは、今度こそ受付へ向かい、冒険者プレートを提出する。

「すみません、クエストを受けたいのですが」

「は、はい！　クエふゅとの受付ですね！」

正面に立つ受付嬢は、清々(すがすが)しいくらいに噛(か)んだ。

「……」

「……」

なんとも言えない沈黙が流れ――顔を赤くした受付嬢がペコリと頭を下げる。

「し、失礼しました。実は私、今日初めて現場に入らせてもらっていて……あなたが、担当する冒険者さん第一号なんです。あっ、申し遅れました、私はオッチョ・ナバーロと申します」

彼女はどこか気恥ずかしそうにしながら、自分がまったくの新人であることを打ち明けた。

オッチョ・ナバーロ、16歳。

身長は160センチ、ほっそりとした体型。

亜麻色の髪は背まで伸び、非常にスタイルがよく、白のブラウスに黒のスカート――ギルドの制服に身を包んでいる。

「それは奇遇ですね。自分も今日冒険者になったばかりなんです。よろしくお願いします、オッチョさん」

「は、はい！　こちらこそよろしくお願いしますね、えーっと……シルバーさん！」

ルナの冒険者プレートをチラリと見て、『シルバー』という名前を確認したオッチョは、コホンと咳払いをする。

「それでは改めまして――冒険者ギルドへようこそ、今日はどんな依頼をお探しでしょうか？」

「最初のクエストですし、比較的簡単なもの……そう、薬草採取などはありませんか？」

「えーっと……シルバーさんは鉄級冒険者なので、発注可能な薬草採取のクエストはこちらになります」

オッチョは「よっこいしょ」と言って、大量の依頼書を受付台にドシンと乗せた。

「け、けっこうあるんですね……っ」

目の前に積まれた、山のような三つの書類の束。

予想していた数倍の量を提示されたため、ちょっと引いてしまう。

「薬草はポーション作りに必須ですからね。しかも最近は、魔族との戦いが激化していて、ポーションの数が全然足りていません。だから今、この手のクエストは、かなり入ってきている――って、ギルド長のバーグさんが言っていました」

「なるほど」

「ちなみにシルバーさんは、どのあたりで活動される予定ですか？」

「特にここという場所は決めてないんですが……少し遠いところ、自然の綺麗な場所がいいですね」

ルナは今回、入学試験の合否待ち——その悶々とした気持ちを吹き飛ばすために外へ出た。

移動には空間魔法〈異界の扉〉を使うつもりなので、距離はまったく問題にならない。

どうせなら近場ではなく、少し遠出をしてリフレッシュしたい——というのが彼女の偽らざる気持ちだった。

「ふむふむ……それでしたら、こちらのクエストはいかがでしょうか？」

オッチョはそう言って、一枚の依頼書を提示する。

カノプス平原の薬草採取

必要量：薬草ミリア7kg

報酬：10000ゴルド

「カノプス平原は、王都から距離もありますし、何より自然がとても豊かで息抜きにもなりますよ」

「カノプス平原……」

ルナは顎に手を掛け、三百年前の記憶を辿る。

（カノプス平原は確か、青々とした草原と綺麗な湖が広がる長閑な平原だったはず……。

うん、気分転換には申し分なさそう）

自分の希望にぴったりと当てはまる素晴らしい提案。

ルナの中で、オッチョの評価がぐーんと上昇する。

「では、そちらのクエストをお願いできますか？」

「はい、承知しました」

オッチョは元気よく頷（うなず）き、所定の事務処理をさらさらとこなす。

テキパキとしたその働きっぷりは、とても今日が仕事初日だとは思えなかった。

「クエストの達成期限は本日を含めて一週間。もしもこれに間に合わなかった場合、キャンセル料として報酬の10％分の支払義務が生じますので、くれぐれもご注意ください」

「わかりました」

無事にクエストを受注したルナは、小さくお辞儀し、冒険者ギルドを後にするのだった。

■

ルナがギルドを退出すると同時、

「……ふぅー、これがギルドの受付嬢ですか。中々やり甲斐（がい）のあるお仕事ですね！」

無事に初仕事をやり遂げたオッチョは、ホクホク顔でガッツポーズを取り――そこへバーグがやってくる。

「おぅオッチョ、初仕事はちゃんとやり切れたみてぇだな」

「はい、それはもう！　バーグさんにみっちりと教え込まれましたから！」

「へっ、そりゃよかった。それで、シルバーの奴はどんな依頼を受けたんだ？」

バーグが興味津々といった様子で問い掛けるが、返って来た答えは予想とまったく違うものだった。

「薬草採取です」

「や、薬草採取ぅ？　なんだ、案外堅実な野郎だ、な……っておい待てオッチョ！　お前まさか、このクエストを発注したのか!?」

「はい。F級クエスト『カノプス平原の薬草採取』ですが、それがどうかしまし――」

「――馬鹿野郎ッ！　てめぇ、自分が何をやったのか、わかってんのか!?」

バーグの凄まじい怒声が、ギルド全体に響き渡る。

「えっ、あ、あの……私、また何か……？」

「今日の朝礼で周知したよな!?　カノプス平原は今、王政府が指定した『特別立入禁止区域』だ！」

「……あっ!?」

オッチョの顔が真っ青に染まっていく。

「や、やっちゃった……私、どうすれば……っ」

「カノプス平原に行くなら、北のゲートを通るはず……まだそう時間も経ってねぇ、今すぐあの新人を連れ戻して来いッ！」

「は、はぃ……！」

彼女は大慌てでギルドを飛び出し、シルバーの後を追い掛けていった。

「……あぁ畜生、なんてこった……っ」

バーグはスキンヘッドの頭を乱雑に掻き、足元の椅子を荒々しく蹴り飛ばすのだった。

■

エルギア王国カノプス平原。

中央に綺麗な湖、その周囲に青々とした草原が広がるこの場所は、年中穏やかな気候と気持ちのいい風に恵まれ、訪れる人に安らぎを与える。

観光地としても人気なこの平原は今――激しい戦場と化していた。

「今だ、撃てぇえええ……！」

「「「――〈獄炎〉ッ！」」」

王国全土より選抜された五十人の魔法士部隊が、一斉に火の中位魔法を発動。

討伐対象――『月下の大狼』に向けて、総攻撃を敢行する。

五十発にも及ぶ灼熱の炎塊は全て目標に着弾、凄まじい轟音と巨大な爆炎が吹き荒ぶ。

濃密な土煙が立ち込める中、

「……や、やったか……？」

魔法士の呟きに応じるように、低い唸り声が響く。

「――くだらぬ」

土煙が晴れるとそこには、無傷のムーンウルフが君臨していた。

「「ば、馬鹿な……!?」」

驚愕に揺れる魔法士部隊へ、月下の大狼は警告を発する。

「ここより先は、私の大切な思い出の場所。無粋な輩に踏み荒らされたくはない。――これは最後通告だ、早々に立ち去れ」

月下の大狼、幻獣種ムーンウルフ。

カノプス平原に生息する、名札付きの魔獣だ。

自ら人間を襲ったことはないものの……これまで『力試し』に挑んだ冒険者たちが、何十人と返り討ちにあっている。

自国の領土に住まう凶暴な魔獣、これを放っておくわけにはいかない――そう判断した王政府が、此度の討伐作戦を決行に移したのだ。

「ぐっ……ひ、怯むな！　第二弾を準備せよッ！」

魔法士部隊は、すぐさま魔力を練り、さらなる攻撃魔法の準備に入る。

それを目にしたムーンウルフは、呆れたように呟く。

「一応、警告はした。――黒咆」

その大きな口がゆっくりと開いた次の瞬間、凄まじい魔力の込められた極大の衝撃波が放たれる。

「「「ぐぁあああああああ……っ」」」

王国自慢の魔法士部隊は、たったの一鳴きで壊滅。

彼我の実力差は、あまりにも大き過ぎた。

「……弱い、弱過ぎる。何故このような愚物共に……っ」

憎悪を滾らせたムーンウルフは、小さく頭を振り、ため息を零す。

そして――倒れ伏した魔法士たちに止めを刺すこともなく、そのまま踵を返した。

すると次の瞬間、何もない空間に大きな扉が浮かび上がり、そこからプレートアーマーを纏った大男が現れる。

「……新手か」

ムーンウルフは不機嫌そうに喉を鳴らしながら、ゆっくりと振り返る。

一方、

「え、えー……っ」

〈異界の扉〉を使って、王都からカノプス平原に飛んだルナは、あんぐりと大口を開ける。

焼け焦げた草原・めくれあがった大地・土臭い空気、記憶にあった美しいカノプス平原はどこへやら……眼前に広がるのは激しい戦いの跡。

そして何より――。

「お、おっきいワンちゃんだぁ……っ」

　正面に佇むは、見上げるほどに巨大な白銀の狼。

　鋭く光る蒼い瞳・光沢のある白銀の毛並み・鋭く尖った白い爪、威風堂々としたその立ち姿からは、威厳や貫禄のようなものが漂っている。

「今更になって援軍か……。貴様等人類は、いつも遅いな。周回遅れもいいところだ」

「いや、私は援軍ではなく、ただの冒険者――」

　ルナが誤解を解こうとしたそのとき、背後から決死の叫びが響く。

「――そこの冒険者、今すぐ逃げろ！」

「助けに来てくれたことは感謝する。しかし、そいつは正真正銘の化物……戦っちゃ駄目だ！」

「俺たちのことはもういい、キミだけでも逃げてくれ……！」

　ルナのことを『応援に来た冒険者』と勘違いした魔法士部隊は、死力を振り絞って逃げるように伝えた。

　これは紛れもなく善意100％の行動だったのだが……今回に限っては完全に逆効果だ。

「ふん、やはり仲間ではないか」

「いやだから、この人達とは初対面で――」

「――くどい。既に警告はした――黒咆」

　次の瞬間、途轍もない魔力の込められた咆哮が解き放たれる。

それを受けたルナは、

「……っ」

思わず顔を顰めた。

（な、なんて大きな鳴き声……っ。このままじゃ近隣住民の方々に迷惑が……ッ）

両手で耳を塞ぎつつ、高速で思考を回す。

（ペットの無駄吠えは、深刻なご近所トラブルに発展しやすい。もしも苦情がたくさん入って行政が動いたら……悲しいことになってしまう）

もはや行政のトップである王政府が、討伐に乗り出しているのだが……当然ルナはそんなことを知る由もない。

なんとしてもここで、無駄吠えだけはやめさせなくては――そう決意した彼女は、スッと顔を上げる。

「とりあえず……おすわり！」

天高く跳び上がり、額に優しくチョップ。

次の瞬間、

「ゴ、ァ……ッ」

ムーンウルフの頭部に尋常ならざる衝撃が走り、ゆっくりと前のめりに倒れ伏す。

「「……は？」」

信じられない光景を目にした魔法士部隊は、漏れなく全員が口をポカンと開けた。

一方、頭に強烈な衝撃を受けたムーンウルフの脳裏には、生後間もない頃の朧気な記憶が蘇る。

それは群れからはぐれた自分を拾い育ててくれた、とある人間との温かく幸せな時間。

【こーら、歯が気持ち悪いのはわかるけど、なんでもすぐに噛んじゃダメ！】

【きゃぅーん……】

【もう、そんな泣きそうな声を出さないの。ほら、大好きなミルクをあげるから、元気だして？】

【はっ、はっ、はっ……！】

無駄噛みしないよう怒られたあのときも、額に優しくチョップをされた。

「その優しい声に偉大な力……もしや、御主人ですか？」

ムーンウルフは首元のふさふわの毛の中から、「タマ」と書かれた、ボロボロのネームプレートを取り出した。

「御主人って……んん？」

古いネームプレートを見たルナの脳裏に三百年前の記憶が蘇る。

それはしんしんと雨の降る、冷たい夜のことだった。

【……あっ、捨て猫だ】

【くぅーん……】

群れから逸れたと見られる猫の赤子（？）を発見したルナは、その子を拾い上げ、世話をすることにした。

【決めた、あなたの名前はタマ！】

【わふ？】

【ほら、ニャー。一緒に言ってみて、ニャー！】

【にゃ、にゃー……？】

【ふふっ、上手上手。それじゃミルクを温めてあげるから、ちょっと待っててね】

【わおーんっ！】

聖女の魔力が込められた増強剤(ミルク)を飲んで育った子猫（？）は、途轍もない速度で成長し、その身に莫大(ばくだい)な魔力を宿すムーンウルフとなった。

【タマ……落ち着いて聞いてちょうだい。あなた、猫じゃなかった……犬だった……ムーンウルフだったの】

【わふっ！】

【ムーンウルフは家族をとても大切にする種族なんだって。きっと今頃、あなたのお父さんとお母さんが、森中を必死に探し回っているはず】

ルナはタマを拾った森を隈(くま)なく探し、やがてムーンウルフの番(つがい)を見つけ出した。

その二匹がタマの両親であることは、一目見てすぐにわかった。

顔も毛の色も尻尾の形もそっくりだったし、何よりも、タマが嬉(うれ)しそうにぶんぶんと尻尾を振っていたのだ。

【それじゃタマ、元気でね】

【くぅーん……】

【はい、お別れのプレゼント。……うん、これならすぐに見分けがつく。――元気でね、タマ。私のこと、忘れちゃいやだよ？】

【アォーンッ！】

そうしてネームプレートをプレゼントしたルナは、ぽろぽろと涙を流しながら、タマにお別れを告げたのだった。

「あなた、もしかして……タ、タマ？」

「……ッ！！！」

次の瞬間、月下（げっか）の大狼（たいろう）の巨体はみるみるうちに縮小し、聖女ルナに拾ってもらったときの、手のひらサイズの小さなムーンウルフとなる。

「よかった、御主人、よかった……っ」

三百年ぶりの再会。

タマは尻尾を千切れんばかりに振り、プレートアーマー越しにルナの顔をぺろぺろと舐（な）め回す。

「あはは、こんなに大きくなっちゃって……。それに人の言葉も喋（しゃべ）れるなんて、タマは本当に頭のいい子だね」

「わふっ！」

一方――その様子を遠巻きに眺めていた王国の魔法士部隊は、驚愕に目を見開く。

「馬鹿な……あの月下の大狼を調伏した、だと……!?」

「いったい何者なんだ、あのプレートアーマーの冒険者は……!?」

「わ、わからん……。しかし、最低でも『ミスリル』クラスの実力者であることは、まず間違いないだろう」

壊滅的な被害を負いつつも、なんとか命拾いした彼らは、重たい体を引き摺って撤退――王政府に謎の冒険者の話を報告するのだった。

■

月下の大狼を保護したルナは、上機嫌に鼻歌を奏でながら、目的のブツを――薬草ミリアをえっさほいさと回収し、持参した革袋に詰めていく。

「それにしても、タマは長生きだねー。もう三百歳になるんでしょ？」

「わふっ！」

聖女の魔力が籠った増強剤を飲んで育ったため、タマの肉体は寿命という概念を超越していた。

「よっこいしょっと、この辺りの薬草はもういいかな。一つの場所で採り過ぎたら、生えて来なくなっちゃうもんね」

ルナが次の採集スポットを探すため、周囲に目を向けると――。

「――わふわふっ！」

タマがとある場所に向かって元気よく吠え出した。

「んっ、どうしたの……ってこれは!?」

そこにはなんと、群生した大量のミリアがあった。

「凄いね、タマ！　私のために見つけてくれたの？」

「わふっ！」

「ふふっ、ありがとう。それじゃ一緒に採集しよっか」

その後、ルナとタマは二人で協力して、薬草集めに励むこと一時間。

「これでよしっと、中々に大量だね」

「わおーんっ！」

空っぽだった革袋は、今やパンパンに膨らんでいる。

「こんなにあればもう十分、それじゃ帰ろっか？」

「わふっ！」

「危ないからちょっと離れていてね――〈異界の扉〉」

空間魔法を発動。

一気に王都近隣の森まで飛んだルナは、寄り道することなく、真っ直ぐ冒険者ギルドへ向かう。

ちなみに……タマは喜び疲れてしまったのか、器用にもルナの頭の上で――鉄製のヘルムの上ですやすやと眠っていた。

「っと、着いた着いた」

冒険者ギルドに到着したルナが、扉を開けるとそこには――見るからに憔悴し切ったオッチョが、生気の抜けた顔でパイプ椅子にちょこんと座っていた。

「あ、あの……オッチョさん、大丈夫ですか？」

ルナが声を掛けると同時、オッチョは勢いよく跳ね起きる。

「し、しししし、シルバーさん……!?」

「は、はい、なんでしょう？」

プレートアーマーをベタベタと触り、ちゃんと影があることを――幽霊じゃないことを確認したオッチョは、ホッと安堵の息を吐き、

「よかった、無事で……本当に……よがっだ……ッ」

ボロボロと大粒の涙を零した。

完全に置いてけぼりとなり、困惑するルナ。

それから少しして、泣き止んだオッチョが事情を語り始める。

「え、えーっと……？」

「カノプス平原は『月下の大狼』という凶暴な魔獣の生息地でして、近日中に大規模な討伐作戦が実施される予定だったんです。私、うっかりそのことを忘れていて、シルバーさ

zzz..

んに危険なクエストを紹介してしまったんです……」

「なるほど、そうだったんですね（そんな危険な魔獣が近くにいただなんて……。タマがいじめられる前に回収できたのは、不幸中の幸いだ）」

頭に月下の大狼を載せたルナは、ホッと胸を撫で下ろす。

「此度は私のつまらないミスのせいで、シルバーさんを危険な目に遭わせてしまい、本当にすみませんでした……ッ」

オッチョはそう言って、深々と頭を下げた。

くだらない言い訳を並べず、きちんと自分のミスだと認め、誠意を以って謝罪した。

確かに彼女はおっちょこちょいだが、決して心の腐った人間ではない。

ルナにはそのことが、はっきりと伝わった。

「オッチョさん、顔をあげてください。特に何も危ないことはありませんでしたし、そんなに謝ってもらわなくても大丈夫です。それに――おかげで、いいこともありましたしね」

ルナはそう言って、ヘルムの上ですやすやと眠るタマの頭を優しく撫でた。

「いいこと、というのは……もしかして、そのわんちゃんのことですか？」

「ええ。昔、飼っていた猫……じゃなくて、犬をカノプス平原で見つけましてね。また一緒に暮らすことにしたんです」

「そ、それは凄い偶然ですね！」

「はい、今日はとてもラッキーでした」

ちょっとした世間話を挟み、オッチョに元気が戻ったことを確認したルナは、肩に掛けた革袋を受付台に下ろす。

「さて、そろそろ本題に移りましょうか」

彼女が革袋の口紐（くちひも）をほどいたその瞬間、青臭いにおいが立ち昇り、大量の薬草が顔を覗（のぞ）かせた。

「凄い、こんなにたくさん……！」

計量器で測った結果、ルナの回収した薬草は10kgもあった。

クエストで求められているのは７kg、超過分の３kgはギルドにプレゼントすることにした。

「シルバーさん、こちらが報酬の１００００ゴルドになります」

「確かに、頂戴しました（こんな簡単なクエストで、１００００ゴルドももらえちゃうんだ……。ふふっ、今度このお金で、現代の悪役令嬢の小説を買いに行こっと！）」

いいお小遣い稼ぎの場所を見つけたルナは、かなりのホクホク顔である。

「――さて、それではオッチョさん、私はこのあたりで失礼しますね」

「はい、ぜひまたいらしてください！」

こうして無事に初クエストを達成したルナは、スペディオ家に帰るのだった。

ルナが冒険者ギルドを発ってから少しして、行きつけの定食屋で夕食を取り終えたバーグが職場に戻った。

「バーグさんバーグさん、聞いてください！　シルバーさん、無事に帰ってきてくれたんです！」

「そうか、そりゃよかったな。シルバーの奴には、今度俺からも詫びを入れておく」

「ありがとうございます。バーグさんも、此度はご迷惑をお掛けして、本当にすみませんでした……っ」

「今回の件で痛ぇほどわかったと思うが、ギルド職員ってのは責任の重い仕事だ。一個のミスで簡単に人が死ぬ、それも自分じゃなくて、自分の担当する冒険者がな。もう二度と同じミスはするんじゃねぇぞ？」

「はい……正直、生きた心地がしませんでした。今後はこのようなことがないよう、細心の注意を払って頑張ります」

「おぅ、頑張れ」

バーグはそれ以上、追及することはしなかった。

オッチョが一日中王都を駆け回り、足の豆が潰れて声が嗄れ細るまで、ずっとシルバーを探していたことを知っているからだ。

「そう言えば……一つ、面白ぇ話を聞いたぞ」

「面白い話？　なんでしょう？」

「なんでもあの月下の大狼が、調伏されたみてぇだ」

「そ、それは凄いですね！　さすがは王国随一の魔法士部隊！」

両手を打って喜ぶオッチョに対し、バーグは首を横へ振る。

「いいや、どうやらそっちは失敗したらしい。手痛い反撃を受けて、壊滅的な被害を負ったそうだ」

「えっ？　でも今、月下の大狼は調伏されたって……」

「王国の魔法士部隊は、大狼の一鳴きで壊滅した。だがその直後、突如として現れた謎の冒険者が、圧倒的な腕力で――たったの一撃で捻じ伏せちまったらしい」

「ひ、ひぇえええ……っ。世の中には凄い人がいるものですねぇ」

「それで、だ。なんでもその冒険者ってのは、全身にプレートアーマーを纏った大男だったそうだ」

「プレートアーマーの大男……って、まさか!?」

「あぁ。……もしかしたらあいつは、とんでもねぇ冒険者なのかもしれねぇな」

謎のプレートアーマー『シルバー』の名が世界に轟くのは、まだもう少し先のお話――。

■

入学試験から一週間が経過したある日、一通の封筒がルナ宛に届いた。

差出人は聖女学院、中に入っているのは当然、合否通知だ。

「ふぅー……」

封筒を胸に抱いたルナは、大きく息を吐き、気持ちを落ち着かせた。

ダイニングに集まったカルロ・トレバス・ローも、神妙な面持ちで待機している。

「それじゃ、開けますね？」

「あ、あぁ、頑張れ！」

「大丈夫、きっと大丈夫だからね！」

ルナが意を決して封を切ると、中から出てきたのは――。

「……合、格」

聖女学院の印が押された、正真正銘の合格証書だった。

瞬間、歓喜の声が湧き上がる。

「おめでとう、ルナ！　あの聖女学院に合格するなんて、凄いじゃないか！」

「もしかしたらあなたは、本当の本当に聖女様の生まれ変わりかもしれないわね！」

カルロとトレバスは満面の笑みを浮かべ、愛娘（まなむすめ）の頑張りをこれでもかと褒めちぎり、

「合格おめでとうございます、ルナ様」

ローはそう言って、ささやかな拍手を送る。

「あ、ありがとうございます！」

みんなにお礼を伝えたルナが、嬉しそうに合格証書を眺めていると……一つ気になるところを見つけた。

「……支援科？」

よくよく見れば、その証書には合格（支援科）と記されているのだ。

「あ、あー……それはなんというかその……なぁ？」

「え、えぇ、これはなんて言ったらいいのか、その……ねぇ？」

カルロとトレバスが何やらギクシャクしていると、見かねたローがコホンと咳払いをする。

「聖女学院は聖女科と支援科の二学部制を採っております。その振り分けは単純明快、入学試験の上位合格者100名が聖女の見込みありとされた聖女科、下位100名が見込みなしとされた支援科に入ります」

「つまり私は……聖女の見込みがない、補欠合格ってこと？」

「端的に言えば、そうなってしまいます」

「……そっか、そうなんだ……」

ルナはポツリと呟き、合格証書をギュッと握り締めた。

愛娘の悲しむ姿を見たカルロとトレバスは、

「お、落ち込む必要はないぞ!?　あの聖女学院に合格するってことは、とんでもなく凄いことなんだからな……！」

「えぇ、そうよ！　あなたは胸を張って、堂々と学校に通えばいいの！」

ルナが落ち込まないよう必死にフォローしたのだが……。

「――ぃやったぁ！」

「「え？」」

彼女は落ち込むどころか、会心のガッツポーズを決めてみせた。

（聖女の見込みなし――こんないい学科があるなんて、偶然そこに受かっちゃうなんて、私はなんてラッキーなんだろう！）

貴族として最低限の面子(メンツ)を保ちつつ、悪役令嬢ムーブを行う理想的な場を確保しつつ、それでいて聖女の見込みなしと判断されたポジション。

ルナにとっての支援科は、文字通り『最高の場所』だった。

「ま、まぁルナが喜んでくれるなら、儂等(わしら)も嬉しいぞ」

「ルナ、楽しい学生生活を送ってくるのよ」

「はい、ありがとうございます！」

その後、スペディオ家では盛大な祝賀パーティが開かれ、たくさんの領民たちが、ルナの合格を祝ったのだった。

■

一週間後、今日はついに聖女学院の入学式。

聖女学院の制服に袖を通したルナは、自室の姿見で身嗜みをチェックする。

上は真っ白なシャツに臙脂色を基調としたショートジャケット、下はシンプルな黒のスカート。

ちなみに……聖女科と支援科の制服は、基本的に全て同じデザインとなっている。唯一の違いは胸元のポケット、ここに聖十字のシンボルがあるかないか、それだけだ。

(この時代の服って、三百年前よりも可愛いなぁ)

新たな衣装を纏ったルナが、リビングへ移動すると、そこには号泣するカルロとそれを宥めるトレバスの姿があった。

「うぅ……ルナ、ルナぁ……儂を置いていかんでおくれぇ……ッ」

「もうあなた……今日はおめでたい日なんですから、そんなに泣かないでください。ルナが困ってしまいますよ?」

「そ、そうじゃな……うん、儂、泣き止む!」

「はい、よくできました」

聖女学院は全寮制のため、ルナは今後基本的に寮で生活し、たまの休日や長期休暇にスペディオ家へ帰る、という形になるのだ。

「――それじゃ、行ってきます!」

「くれぐれも気を付けてなー！」

「たまには帰って来てちょうだいね」

「行ってらっしゃいませ、ルナ様」

カルロ・トレバス・ローに見送られたルナは、最低限の生活用品を積んだ馬車に乗って、聖女学院へ向かうのだった。

■

聖女学院に到着したルナは、自分の住む寮へ行き、生活用品の入った木箱を運び込んでいく。

「よっこいしょっと……これでもう全部かな？」

寮は基本的に相部屋となっており、同学年の生徒と生活を共にする。

（私のルームメイトさん、まだ来てないみたいだけど……どんな人なのかな？　一緒にどこかへ遊びに行けるぐらい、仲良くできたらいいなぁ）

そんなことを思いながら、淡々と荷解(にほど)きをしていくと――木箱の中に妙なモノを発見した。

「……あれ？　こんな荷物、持ってきてたっけ……？」

彼女の視線の先には、白い布が被(かぶ)せられたバスケット。

「なんだろう、ローがこっそり差し入れでもくれたのかな？」

布を取って中を確認するとそこには、

「……わふぅ……？」

見るからに眠たそうなタマが、丸くなって入っていた。

「えっ、ちょっ、タマ!?」

「わふっ！」

「しーっ、静かに！」

「くぅーん」

「もう、あなたどうやって紛れ込んだの……？　いやその前に、ここってペット飼っても大丈夫なのかな？」

大慌てで寮の規則を確認すると、

「……あっ、オッケーなんだ」

そこには意外にも『ペット飼育推奨』と記されてあった。ペット飼育『可』ではなく『推奨』。これは「聖女様は動物が好きであられた」という情報が、現代まで伝わったためである。

「とりあえず、一旦ここで待て！　ステイ！　オーケー？」

「わふっ」

「よーしよし、いいこいいこ。それじゃ私が帰ってくるまで、ちゃんとお利口に待っていてね？」

ルナはそう言い残し、入学式の会場へ移動した。

■

聖女学院第三百回入学式。

エルギア王国で開かれる近年の入学式は、どれも簡単に済ませるものが多く、新入生の親族が出席するようなことはない。

その背景には「魔族に両親を殺されてしまい、一人で入学式を迎える生徒が出ないように」という、この時代特有の問題への配慮があった。

開式の言葉・学院長の式辞・新入生代表の喜びの言葉・校歌斉唱、入学式は恙なく進行し、あっという間に終了。

大講堂から退出した一年生は、掲示板に張り出されたクラス発表を確認し、それぞれの教室へ移動していく。

（えーっと、ルナ・スペディオ、ルナ・スペディオ、ルナ・スペディオ……あった）

一年C組の欄に自分の名前を見つけたルナは、人の流れに乗って教室へ向かう。

木製の扉をガラガラと開けるとそこには――信じられない人物がいた。

（あ、あれはまさか……サルコさん!?）

先日の夜会で猿山連合を築いていたサルコこと、サール・コ・レイトンだ。

しかもその周りには既に、取り巻きと見られる生徒が複数。

入学早々、凄まじい統率力を発揮していた。

きっと彼女は天性のボス猿気質なのだろう。

（まさか同じ学院、それも同じクラスだなんて……っ）

ルナはサルコに対し、強い警戒を持った。

二人は先日の夜会で、ハワードに誘拐されており、その際に顔を合わせている。

ルナが〈炎〉を発動し、ハワードを撃退したのは、サルコが気を失った後の出来事。そのため聖女バレの可能性は低いが……決して『ゼロ』ではない。

事件後にアリシアから話を聞いたかもしれないし、もしかしたらあのとき朧気に意識があったかもしれない。

それに何より――自分のような普通の人間は、生き血を啜る過酷なマウント山では生きていけない。

（サルコさんには、あまり近付かないようにしよっと……）

小さく身を屈めたルナは、猿山連合から逃れるようにして、部屋の隅をスススッと移動していく。

すると次の瞬間、遥か遠方より鋭い視線が飛んできた。

「あら……？　あの地味な子、どこかで……」

サルコの広大な警戒網に引っ掛かってしまったのだ。

（さ、さすがはサルコさん、なんて縄張り意識の強い人……ッ）

ルナは全く気付いていないフリをして、そそくさと自分の席に着く。

そうしてなんとか安全地帯へ逃れた彼女は、ホッと安堵の息を零した。

（さて、と……これから私が一年間お世話になるクラスメイトのみんな、誰かお友達になってくれそうな人はいるかな？）

教室をそれとなく見回したところで、とある『違和感』に気付く。

（……んん？）

どういうわけか、既にいくつかのグループが形成されているのだ。

（あ、あれ、おかしいな……。今日が入学式だよね？　みんな、初めて会うんだよね……？）

ルナの希望的予想に反して、ここにいる者は、ほぼ全員が顔見知りだった。

聖女学院に入学できる学生は、聖女学を勉強する時間があり、聖女の旧跡を辿る財力があり、魔力向上に励む環境がある――この難しい条件を満たす者は、必然的に限られてくる。

具体的には豊かな貴族令嬢、もっと正確に言うならば、王都近郊に拠点を置く大貴族の令嬢だ。

そして貴族の世界は、薄く浅く広く繋がっている。

親同士の繋がり、商業上の繋がり、学校の繋がり、みんなどこかしらで利害関係を持っている。

実際にルナの周りにいる生徒はみな大貴族の令嬢、もしくはその侍女や側仕えであり、お互いのことをそれなり以上に知っていた。

(ど、どうしよう。こういうのはスタートダッシュが肝心って聞くのに、なんかもうみんな親しげな感じだ……っ)

焦燥感に駆られるルナの耳に、聞きなれた声が響く。

「――ルナ、襟が乱れているよ」

「あっごめん、ありがとう……って、ロー!?」

振り返るとそこには、侍女であるロー・ステインクロウがいた。

聖女学院の制服に身を包み、髪を軽くあげており、敬語はなくなっている。

「ちょ、どういうこと!?　なんでここにローが!?　しかもその制服……聖女科なの!?」

眼をぱちくりとさせて質問ラッシュを掛けるルナへ、ローは周囲に聞こえないように声のボリュームを絞って返答する。

「カルロ様とトレバス様より、秘密裏にルナ様を護衛するよう、申し付けられております。もちろん聖女学院には、正規の方法で合格したのでご安心を」

「そ、そうだったんだ……」

カルロとトレバスは猛烈な親バカであり、ローは非常に優秀だった。

ちなみに……聖女学院は一学年につき約二百名、AからEの五クラス編成で一クラスは四十名。

各クラスには聖女科と支援科の生徒が、それぞれ二十名ずつ割り振られる。

「でも、よかった。ローが一緒のクラスだったら心細くないね」

「光栄です。ちなみに寮も、私と同じ部屋になっております」

「本当？　やった！　凄(すご)い偶然だね！」

「はい。ただ……こちらは少々非正規の方法を取りました」

「何をしたの!?」

二人がそんな話をしていると、教室の前の扉が開き、聖女学院の男性教員が入って来た。

教壇に立った彼は、コホンと咳払(せきばら)いをして、簡単に自己紹介を始める。

「――はじめまして、私はジュラール・サーペント。一年C組の担任であり、主に薬学を担当している聖女学院の常勤講師だ。以後、お見知りおきを」

ジュラール・サーペント、40歳。

身長は190センチ、細身の男性だ。

肩口まで伸びた漆黒の髪・重たく鋭い目・日焼けのない白い肌、どこか蛇のような印象を受ける。

漆黒のローブに身を包んだ彼は、聖女学院でも指折りの強面(こわもて)教師である。

「ふむ……二限の開始まで少し余裕があるな」

聖女学院の年間カリキュラムは非常に密であり、入学式の開かれた今日でさえ、二限目以降の授業が組まれていた。

「せっかくだ、自己紹介の時間としよう。出席番号一番から順に始めていきなさい」

ジュラールの指示を受けて、一年C組の生徒たちは自己紹介をしていく。

自分の名前と趣味を言い、軽くお辞儀をしてから、次の人に順番を回す。

貴族令嬢揃いということもあって、自己紹介はみんな非常に上手く、ルナもまた無難にこなせた。

「これから一年間、諸君らはこの狭い教室で競い合っていく。お互いに適切な刺激を与え合いながら、少しでも聖女様に近付けるように精進してほしい。願わくば、諸君らの中に転生された聖女様がおられんことを祈る。――それでは授業の話に移ろう」

ジュラールはそう言って、生徒たちに指示を出す。

「次の授業は、聖女科と支援科に分かれて行う。聖女科の生徒は演習場へ、支援科の生徒は私と共に第三実験室へ移動するように」

彼が小さくパンと手を打つと、生徒たちはぞろぞろと動きはじめた。

「それじゃロー、私は支援科だから、またあとでね」

「はい」

そうして支援科のルナは第三実験室へ、聖女科のローは演習場へ移動するのだった。

第三実験室に移動した支援科の生徒たちは、出席番号順に席へ着く。

それから少しして、二限の開始時刻になるとチャイムが鳴り、ジュラールが教壇に立った。

「これより、薬学の授業を始める。この講座ではポーション・解毒薬・止血薬などなど、幅広い薬の生成方法を学んでいく。そして今回、早速作ってもらうのは――『下位ポーション』だ」

彼は一呼吸を置き、話を続ける。

「優秀な諸君らのこと、下位ポーションの作り方など、既に知っていることだろう。しかし、何事も基礎を怠ってはならない。今日は初回の授業ということもあり、薬学において如何に基礎が大切か、まずはここから教えていこうと思う」

ジュラールはそう言うと、予め教壇の上に準備されていた素材を手に取り、下位ポーションを作り始めた。

「まずは試験管に純水を注ぎ、そこへ適量の薬草を浸す。薬草の有効成分がほどよく染み出たところで、自身の魔力をゆっくりと丁寧に込めていく。敢えて言うまでもないが、このとき注ぎ込む魔力は当然、聖属性のものでなくてはならない」

彼は慣れた手つきで作業を進めていき、あっという間に下位ポーションを完成させた。

「――さて、諸君らはこれを見てどう思う？」

教壇の上に置かれたそのポーションは、恐ろしいほどの完成度を誇っていた。

「す、凄い……。濁りや澱みがどこにもない。あれこそまさに完璧な下位ポーション……っ」

「それにあの作業速度！　一つ一つの工程が信じられないほど速くて丁寧だったわ！」

「さすがは薬学界の権威ジュラール・サーペントですわね……」

支援科の生徒たちから、驚愕と称賛の言葉が溢れ出し、ジュラールは満足気に頷く。

「下位ポーションの生成に必要な薬草と純水は、最前列のテーブルに用意してあるので、必要な量を持っていくといい。――それでは各自適当な場所に移動し、作業をはじめなさい」

「「「はい」」」

ジュラールから課題を与えられた生徒たちは、薬草と純水を手に取り、それぞれが思い思いの場所へ移動、下位ポーションの生成に取り組み始めた。

ルナもその例に漏れず、必要な素材を手に取り、空いている場所へ移動する。

（さて……ここからが問題だ）

ルナはポーション作りが得意だった――否、得意過ぎた。

聖女の魔力は万物を浄化し、その性能を最大限に引き出す。

たとえ濁り切ったドブ川の水でさえ、聖女の魔力を通せばあら不思議、伝説の秘薬エリクサーと化すのだ。

かつてルナはよかれと思って、エリクサーを大量に生産し、困っている人たちに無償で配り歩いたことがある。

しかしこれが、『悲劇』の引き金となった。

エリクサーという万能薬が、無償で手に入るという情報は、すぐに世界中へ拡散。

これによって需要と供給のバランスが崩壊し、ポーションの販売価格は大暴落。

製薬市場を混沌の渦に叩き込んだこの大事件は、『聖薬戦争』として歴史に記されている。

（私がエリクサーを作れることは、絶対にバレちゃいけない……。同じ轍を踏まないためにも、ここは細心の注意を払って、しっかりと下位ポーションを作らなきゃ……っ）

呼吸を整え、ポーションの生成に入る。

試験管に純水を注ぎ、適量の薬草を投入。薬効成分が染み出たところで、自身の魔力をゆっくりと込めた。

その結果――試験管内に淡い光がポッと生まれ、下位ポーションが完成する。

（ふむふむ……見た目は悪くない）

ほんのりと緑がかったその液体は、どこからどう見ても安物のそれだ。

（とりあえず、飲んでみよっと）

彼女は試験管に口を添え、試作品一号を口内に流し込む。

すると次の瞬間――。

(こ、これは……!?)

疲労・肩凝り・眼精疲労、ありとあらゆるバッドステータスが、たちまちのうちに吹き飛んだ。

(……失敗だ)

残念ながら、これはエリクサー。

こんなものを提出すれば、どんな騒ぎになるやもわからない。

ルナは失敗作を木製の試験管立てに置き、すぐに次のポーション生成に取り組んだ。

その後、何度も何度も試行錯誤を重ねた果て――ついにそのときがやってくる。

「で、できた……!」

ドロリと濁った緑色の液・口内に広がる草の苦み・ほんの僅かな疲労回復効果、これぞまさに下位ポーション。

薬屋でよく売られている、安物のアレだ。

(やった、やった! 初回から中々の難題だったけど、この出来ならきっと大丈夫……!)

その場でぴょんぴょんと跳ね回りたい気持ちを抑えつつ、拳をギュッと硬く握る。

(後は自分の名前を書いたラベルを貼って……これでよしっと)

提出用の下位ポーションには、自身の名前を書いたラベルを貼り、他の失敗作と交ざらないように試験管立てに置いておく。

　こうしておけば、後は既定の時間になり次第、ジュラールの助手が回収してくれるのだ。

（ちょっと早めにできちゃったし、お手洗いに行ってこよっと）

　ルナが一時退席した直後、彼女の席に怪しい影が忍び寄る。

「ふふっ……行ったわね？」

「早いところやってしまうわよ。バレたらとんでもないことになるんだから」

「ジュラール先生の視線を遮って、そう、そこに立っていてちょうだい」

　五分後――ルナがお手洗いから戻ると、他のクラスメイトたちはみんな自分の席に着いていた。

　ジュラールの立つ教壇には、ポーションの入った試験管がズラリと並んでおり、もう間もなく評価付けが行われるところだ。

（私のは……よかった、ちゃんと回収されているみたい）

　教壇の上に並ぶ試験管、そのうちの一本にはちゃんと『ルナ・スペディオ』と書かれたラベルが確認できた。

「ふむ……そろそろ時間だな。それではこれより、諸君らのポーションを試飲していく。評価基準は液体純度・回復効果・持続性、この三点から総合的に判断し、F～Sのランク付けを行う」

　評価基準を明確にしたジュラールは、一本の試験管を手に取り、そこに張られたラベルを確認する。

「このポーション は……エレイン・ノスタリオのものか」

「はい」

名前を呼ばれた青髪の生徒が、スッと行儀よく立ち上がった。

「ふむ……僅かな澱みは見られるが、純度は中々いい水準だ。――ほぅ、回復効果・持続性ともに悪くない。Bをやろう」

「あ、ありがとうございます！」

ジュラールは薬学の権威、彼の与える『B』はかなりの高評価だ。

その後、ポーションの評価は進んで行き……。

「これは――ふむ、濁っているな。回復効果も薄いうえ、持続性も心許(こころもと)ない。……Eがよいところだろう」

「こちらは――むっ、純度が悪いな。だが、回復効果と持続性はよい。D+といったところか」

「このポーションは――中々に透き通っているが、回復効果と持続性が乏しい。C－を与えよう」

そしてついにルナの番を迎える。

「次……これはルナ・スペディオのポーションだな」

「はい」

他の生徒と同じように返事をして、素早く立ち上がったルナは——我が目を疑った。

（えっ……うそ!?）

ジュラールの持つ試験管、そこにあるポーションの色が違った。

あの澄んだ美しい緑色は間違いない、失敗作（エリクサー）だ。

（なんで、どうして……!?　提出用の試験管には、ちゃんと私の自信作を——緑のドロドロポーションを入れたはずなのに……っ）

ルナがお手洗いに行っている間に、彼女を貶（おとし）めんとする生徒たちが、提出用の自信作と失敗作（エリクサー）をすり替えたのだが……そんなことはもちろん知る由もない。

そうこうしている間にも、ジュラールの評価は進んでいく。

「ほぅ……これは素晴らしい純度だな。間違いなく、ここまでで一番だ」

目を丸くして感嘆の息を零（こぼ）す彼に、ルナは大きな声で「待った」を掛ける。

「せ、先生！　ちょっと待ってください！」

「どうした、ルナ・スペディオ」

「実はそのポーションは……えっと、その……あの……っ」

まさか「エリクサーなので飲まないでください」と言うわけにもいかず、咄嗟（とっさ）に上手（うま）い言葉が出てこなかった。

しどろもどろになって狼狽（ろうばい）するルナへ、「くすくす」というわざとらしい嘲笑が向けられる。

「あらあら……みっともなく慌てちゃって、恥ずかしいなぁ」

「もう、そんな意地悪を言っちゃダメじゃない。下位ポーションすらまともに作れなかったんですから、狼狽えるのも無理のない話だわ」

「ふふっ、あんなのでよく聖女学院に受かったわねぇ」

何を隠そう、彼女たちがルナのポーションをすり替えた犯人だった。

一方、突然ルナに待ったを掛けられたジュラールは、怪訝な視線を向ける。

「いったいどうしたというのだ、ルナ・スペディオ。何か言いたいことがあるのなら、はっきりと言うがいい」

「実はそのポーション、ちょっとした手違いで『エリってしまった』というか、なんかあの『突然変異的なアレが起きた』というか……その……っ」

あわあわとしながら、よくわからない言葉を呟くルナ。

それを見たジュラールは――全てを理解したとばかりに頷く。

「なるほど、自信がないのだな？」

「えっ？　あっいや、自信がないというよりは、あり過ぎるというか……」

ルナが言い淀んでいると、ジュラールはその怖い顔でぎこちなく微笑んだ。

「ふっ、案ずるな。最初は誰しも上手くいかないものだ。伝説に謳われる聖女様とて、若い頃はとんでもないミスをしたと言われている」

「……はい、すみません……」

脳裏をよぎるのは、いくつもの大失敗。

ルナを気遣った優しい声掛けは、彼女の精神に大きなダメージを与えた。

「ちょうどいい機会だ。諸君らもよく覚えておくといい。遥か昔より、『失敗は成功の母』と言う。失敗は学びであり、失敗なくして成功はあり得ない。失敗から得たいくつもの経験を糧にして、成功という果実を口にする。これこそが正しい学習の在り方だ」

力強くそう語ったジュラールは、慈愛に満ちた目をルナに向ける。

「だからルナ・スペディオ、失敗に怯える必要などない。これを糧にして、前に進めばよいのだ」

「は、はい……ありがとうござい……あっ!?　先生、待ってください！」

ルナの必死の懇願も虚しく、ジュラールは失敗作を一気にゴクリと飲み干した。

次の瞬間、彼の体に異変が起きる。

「………………ふぉ」

「「「ふぉ？」」」

「ふぉおおおおおお……！　漲る、漲るぞぉおおおおおおお……！」

ジュラールの全身から、溢れんばかりの大魔力が吹き荒れた。

「す、素晴らしいッ！　なんという回復効果、途轍もない持続性！　これは最上位ポーション……いや、エリクサーかと錯覚してしまうほどの出来映えだ！」

「あ、ありがとうございます……っ」

さすがに「それ、エリクサーです」と言うわけもいかず、感謝の言葉を述べた。

「ルナ・スペディオ！　後で私の研究所に来てくれ！　キミとは是非ポーション談義を交わしたい！」

「すみません、今日はちょっと予定があって……」

「むっ、そうか。私としたことが、急いてしまったようだ。また後程、日程と時間の擦り合わせを行わせてもらおう」

「ま、前向きに検討しておきます」

ルナは明後日の方角を見ながらそう答えた。

そのまま三日四日と引き延ばし、ポーション談義の予定を消滅させたい、の構えだ。

「いやしかし……本当に、本当に素晴らしいポーションであった！　私の薬学人生において、これほどの一品を目にしたことはない！　ルナ・スペディオ、キミにはA＋を――いや、S評価を与えよう！」

ジュラールからとんでもない高評価を受けるルナへ、悪意の籠った視線が向けられる。

「くそ、どうしてこうなるの!?　提出用の中身を捨てて、失敗作を入れたのに……っ」

「まさか……私達がすり替えるのを読んで、提出用と失敗作の中身を入れ替えていたっていうの……!?」

「あの女、性格悪過ぎでしょ……ッ」

悪巧みに失敗した三人の生徒が、嫉妬に狂った瞳でルナを睨みつけるのだが……。

（うわぁ、もうやだ……。また悪目立ちしちゃったよ……っ。いったい誰がすり替えなんて酷いことを……）

当の本人は自分のことでいっぱいいっぱいで、そんな視線にすら気付かないのだった。

■

二限の授業が終わった後の十分休み、ルナはローと一緒に三限の授業場所である演習場に向かいながら、先ほどの『ポーション事件』の話をしていた。

「――ということがあって、大変だったんだよ」

「そんなことが……。ちなみにルナ様を嵌めようとした生徒の名前は、おわかりになりますか？」

「ううん、わかんないけど……どうして？」

「いえ、私が成敗しておこうと思いまして」

「成敗って何をするつもりなの……？」

「それはもちろん――屠ります」

ローは涼しい顔をしながら、親指で首を掻き切るジェスチャーを見せた。

本人にまったく自覚はないが、彼女は少し『天然』が入っている。

もしかしたら本当にやってしまうかもしれない――そう思ったルナは、「ダメダメ！」

と言って、無茶な行動を牽制する。

「それよりほら、せっかく聖女学院に入れたんだし、楽しいお話をしようよ！」

「まぁ……ルナ様がそう仰るのなら」

ローは不承不承という風に矛を収める。

「そう言えば、三限の授業ってさ――」

ルナが次の話を振りつつ、曲がり角を曲がろうとしたそのとき――まったく同じタイミングで、真向かいから曲がって来た男とぶつかった。

「す、すみません……っ」

「ちっ……気を付けろ」

黒髪の男はルナをギロリと睨み付け、不快感を隠そうともせず、足早に廊下を歩いて行く。

その直後、明るい茶髪の男が小走りでやってきた。

「ご、ごめんなぁ……！　レイオスのやつ、最近なんかえらいピリピリしとるんよ。根は悪い奴やないさかい、堪忍したってくれぇ……っ」

「は、はぁ……わかりました」

「すまんなぁ、助かるわ。――あ、後これ、ボクの住んでる寮の部屋番号のメモ、また気ぃ向いたら遊びに来たってな！」

「えっ？」

「そんじゃ、今度どっかでお茶でもしよ！」

　茶髪の男はそう言って、レイオスの後を追っていった。

「……なんで部屋番号を教えられたんだろう？」

「軽薄な男ですね。ルナ様は、ああいうのに引っ掛かってはいけませんよ？」

「うん、わかった」

　ルナはそう言って、素直にコクリと頷いた。

「でもさ、聖女学院の生徒って女子だけだよね？　さっきの男子、二人とも制服っぽいの着ていたけど……どういうこと？」

　ルナの質問に対し、ローはいつもの調子で淡々と答える。

「あの二人は聖騎士学院の生徒ですね。おそらくは次の合同授業に参加するため、聖女学院に移動してきたのでしょう」

「せいきしがくいん……？」

「はい。……もしかして、例の『記憶障害』ですか？」

「うん、そうみたい。いつも悪いんだけど、説明お願いできる？」

「かしこまりました」

　ローはコホンと咳払いをして、とうとうと語り始める。

「聖騎士は聖女様を守護する騎士で、いつか転生されるという聖女様のため、己が剣を研ぎ澄ませています。そんな聖騎士を養成する学校が、聖女学院の真横にある聖騎士学院。

人類救済のために戦う聖女様とその盾となる聖騎士、両者は密接な関係にあるのです」

「へぇ、そうなんだ（『聖女様の盾となる聖騎士』、か……。三百年前、私は基本的に最前線で一人だったけどなぁ）」

ルナはなんとも言えない苦笑いを浮かべた。

「聞くところによると、今年度の聖騎士学院の生徒たちは、中々に粒揃い(つぶぞろ)だそうです。先ほどルナ様にぶつかったあの不躾(ぶしつけ)な男も、かなりの有名どころですね」

「そうなの？」

「はい。彼の名前はレイオス・ラインハルト、代々剣聖を輩出する名家ラインハルト家の嫡男です。レイオスは幼少の頃より才覚に恵まれ、十歳という若さで聖騎士入り、十三歳で小隊長就任。将来の剣聖就任を嘱望される、聖騎士学院の有望株の一人です」

「ふーん、そうなんだ（剣聖と言えば……オウルさん、もう退院できたかなぁ？）」

そんな話をしているうちに本校舎の裏手にある演習場へ到着、そこには既に多くの聖女学院と聖騎士学院の生徒が集まっていた。

「うわぁ……聖騎士学院の人達、みんな体が大きいね。同い年に見えないや」

「聖騎士学院に合格するには、過酷な入学試験を通らなくてはなりませんからね。私も女なのであまり詳しくありませんが……鍛え抜かれた肉体を持ち、剣術と魔法に秀で、厳格な自律の精神を備えた者のみが、聖騎士学院への入学を許可されるそうです」

「さっき会った茶髪の人は、どれにも当てはまってなさそうだけど……？」

「どんな世界にも例外はいるものです」

ルナとローが雑談に花を咲かせていると、チャイムの音が鳴り、一年C組の担任ジュラール・サーペントが現れた。

基本的に聖女科と支援科が共に参加する授業は、そのクラスの担任が受け持つことになっているのだ。

「それではこれより、聖女学院と聖騎士学院による合同授業――模擬戦を執り行う。聡明な諸君らのこと、この授業が持つ大きな意味を当然理解しているとは思うが、念のためきちんと説明しておこう」

ジュラールはコホンと咳払いをして、生徒たちの注目を集める。

「エルギア王国の法律により、聖女・聖騎士両学院は、入学初日に一戦交えることが定められている。この戦いは偉大な聖女様に捧げる崇高なものであり、生徒たちは卑怯な手を使うことなく、正々堂々と全力で臨まなくてはならない」

そうして授業の説明を終えた彼は、次の指示を出す。

「ではまず、両学院の生徒は、模擬戦を行うペアを作りなさい」

一分後、

「……あれ？」

聖女学院の生徒でただ一人、ルナは余ってしまった。

彼女がチラリと横を見れば、ローは先ほどの茶髪の男とペアを組んでいる。

「いやぁ、嬉しいなぁ！　こんな黒髪美少女と戦えるなんて、ボクはほんまに幸せ者やわぁ！」

「あはは、あなた、本当によく喋るねー」

ペア探しが始まってすぐ茶髪の男に声を掛けられたローは、「弱そうだし、ちょうどいいか」と思い、その誘いを承諾したのだった。

ちなみにローは聖女学院にいる間、ルナと一対一で話すとき以外、敬語をなくして明るく話すようにしている。これはカルロとトレバスより、『ルナの侍女であることは可能な限り隠すように』と言い付けられているからだ。

そして――全人類に待望されておきながら、余り物になってしまった聖女様は、キョロキョロと周囲を見回していた。

（わ、私の他に余っている生徒は……!?）

ほどなくして聖騎士学院の余り物を発見。

その人物は――先ほど曲がり角でぶつかった男レイオス・ラインハルトだった。

レイオス・ラインハルト、15歳。

身長170センチ。外見上は細く見えるが、体には鍛え抜かれた筋肉が搭載されている。

漆黒のミドルヘア。相手を睨みつけるような紫紺の鋭い眼・非常によく整った端正な顔立ち、白を基調とした聖騎士学院の制服に身を包む。

彼は自分から女性を誘うタイプではなく、常日頃から不機嫌そうな顔をしているため、誰にも声を掛けず、誰からも声を掛けられなかった結果——ポツンと取り残されたのだ。

聖女学院の余り物と聖騎士学院の余り物、両者は必然的にペアを組むことになる。

「あ、あの……よろしくお願いします」

「……」

ルナが気を使って挨拶をするものの……返事はない。

いっそ気持ちがいいほどの無視、「貴様など眼中にない」と言わんばかりの対応だ。

「ふむ、ルナ・スペディオとレイオス・ラインハルトがペアか……」

ジュラールは難しい表情で考え込む。

片や聖女の見込みなしと判断された支援科の生徒、片や聖騎士学院でも屈指の実力を誇る生徒——さすがにこの組み合わせは、あまりにも『差』が大き過ぎた。

「諸君らの中に、ルナ・スペディオかレイオス・ラインハルトと組んでもよいという者はいないか……?」

ジュラールはそう言って、ペアの組み直しを提案したが……生徒たちの反応は芳しくない。

それもまぁ無理のない話だ。

既にペアができている生徒たちが、わざわざそれを蹴ってまで、悪目立ちしているルナや不愛想なレイオスと組みたいとは思わない。

「ふむ……仕方あるまい」

　ジュラールは小さくため息をつき、レイオスに忠告を発する。

「レイオス・ラインハルト、制服を見ればわかると思うが、ルナ・スペディオは支援科の生徒だ。当然、過度な攻撃や過剰な魔法の使用は好ましくない。この戦いは聖女様に捧げる崇高なものであり、平等と公正を愛する彼女が、一方的な私刑（リンチ）を望むわけもない……わかるな？」

「そんなこと、わざわざ言われなくてもわかっていますよ」

　レイオスは短く言葉を切り、口を閉ざす。

　一方その頃、ルナはローのもとにスッと近寄り、情報収集を行っていた。

「ねぇロー、ちょっと聞きたいことがあるんだけど……」

「はい、なんでしょう」

「レイオスさんって、どれくらい強いの？」

　これはルナにとって、非常に大きな問題だった。

「どれくらい強いか……難しい質問ですね。客観的事実から推察すると、あの男は聖騎士の小隊長を務めているので、低く見積もっても『一般聖騎士の十倍以上』の実力はあるでしょう」

「う、うーん……？」

　現代に転生してまだ日が浅く、一般聖騎士の実力を知らないルナには、少しばかりわかりにくい表現だった。

「ごめん、ちょっとよくわかんないんだけど……。剣聖と比べたらどうなの？」

「それはもう、圧倒的に剣聖の方が格上です。たとえレイオス十人が束になったとしても、剣聖には歯が立たないでしょう。剣聖は聖騎士の中の聖騎士、別格の存在ですから」

「う、うそ……!?」

その瞬間、ルナに強烈な衝撃が走った。

（レイオスさんって、オウルさん（あれ）の十分の一……!?）

冒険者登録のテストで『強キャラムーブ』を決めておきながら、ルナの放った軽いパンチ一発で、壁に生えたイソギンチャクとなった男――オウル・ラスティア。

これから自分が戦おうとしている聖騎士は、そんな『壁ギンチャク（オウル）』よりも遥（はる）かに弱い存在だったのだ。

（ま、マズいマズいマズい……っ）

ルナの中でレイオスの存在が、『意地悪な男子生徒』から、『最上位保護対象』に切り替わる。

（あのオウルさんより弱いってことは、パンチはおろか指で軽く突（つつ）くだけで死んじゃうかも……っ）

彼女が恐ろしい想像に身を固めていると、ジュラールがコホンと咳払いをした。

「時間も迫っているので、そろそろ第一戦を開始しよう。――ルナ・スペディオとレイオス・ラインハルトのペアは、前に出なさい」

　いきなり名前を呼ばれたルナは、もちろん無視するわけにもいかず、指示に従っておずおずと前に出る。

　すると——レイオスは露骨に嫌そうな表情を浮かべ、大きなため息をついた。

「はぁ……。どうしてこの俺が、こんな『聖女モドキ』と戦わねばならんのだ……」

「……聖女モドキ？」

「お前たちみたく聖女でもなんでもないくせに、聖女学院に通っている愚物のことだ。この際だからはっきり言っておこう。この中に聖女様の転生体はいない。俺の目はそこらの凡百と違って、節穴ではないのだ。『本物』を見れば一発でわかる、この方こそが聖女だ、とな」

「な、なるほど……」

　ルナは「聖女様、目の前にいますよー、あなた節穴ですよー！」と言いたくなったが、なんとかゴクリと呑み込んだ。

「それにしても……レイオスさんは、随分と聖女様のことを慕っているんですね」

「当然だ。聖女様は唯一絶対にして完全無欠の存在。彼女が笑えば花が咲き、彼女が悲しめば天が泣き、彼女が怒れば大地がいきり立つ。長きにわたる人類史に置いて、聖女様ほど崇高で可憐な女性はいない」

「え、えへへ……そうですか？」

　思いもよらぬところでべた褒めされたルナは、気恥ずかしそうにポリポリと頬を掻き、

「……何故(なぜ)お前が嬉しそうにしている？　まったく気持ちの悪い女だ」

それを見たレイオスは、割と真剣に引いていた。

(っと、いけないいけない……。今は照れている場合じゃなかった)

もう間もなく、レイオスとの摸擬戦(もぎせん)が始まってしまう。

それまでの極々限られた短い時間で、なんらかの策を講じなければならない。

(私は力加減が下手だから、このまま戦ったら、レイオスさんはきっと物理的に死ぬ。もし奇跡的に生き延びたとしても、支援科の生徒に負けたということで、社会的に死ぬ。まぁ最悪それは別にいいとしても……彼に勝利した時点で、聖女バレの確率は飛躍的に高まる……っ)

レイオスを殺さず、聖女バレを防ぐ。

今求められているのは、そんな最高の名案だ。

(何かないか、何かないか、何かないか……っ)

ルナが必死に聖女脳(ブレイン)を回したそのとき、

(……はっ!?)

素晴らしいアイデアがポンッと浮かび上がった。

(こ、これならイケる！　私とレイオスさんが二人ともちゃんと助かる！　もしかしたら私、天才なのかも……！)

逸(はや)る気持ちを抑え、冷静にスッと右手をあげる。

「――ジュラール先生、模擬戦を始める前に一ついいですか？」

「どうした、ルナ・スペディオ」

「私は戦う武器を持っていません。なので、あそこのレイピアを貸していただけませんか？」

ルナは演習場に据え付けられた武器置き場、その一角に飾られたレイピアを指さす。

「ルナ・スペディオ……それは本気で言っているのか？」

ジュラールはその怖い顔をさらに強張らせた。

「レイオス・ラインハルトが持つ剣は、彼の家に代々伝わる退魔剣ローグレア。あんな規格品のレイピアで、太刀打ちできる代物ではないぞ？」

「問題ありません。ちゃんと『策』はあります」

そう発言したルナの瞳には、強い意志の光が籠っていた。

――退魔剣ローグレアに対し、規格品のレイピアで戦う。

通常ならば「馬鹿なことを言うな」と一喝して終わるところなのだが……。

（先のポーションからもわかる通り、ルナ・スペディオは普通の生徒とは一味違う……。いったいどんな策を講じているのかわからんが……実に興味深い）

ジュラールのルナに対する評価はすこぶる高く、彼女が今度はいったい何を見せてくれるのか、その目で確かめてみたくなった。

「――いいだろう、レイピアの使用を許可する」

「ありがとうございます」

ルナは感謝の言葉を述べ、武器庫からレイピアを拝借し、右手でギュッと握り締める。

それを見たレイオスは、軽く鼻を鳴らした。

「なんだ、剣術の覚えでもあるのか？」

「まぁ人並み程度には」

短い会話が終わり、張り詰めた空気が漂う。

「それでは――はじめなさい」

ジュラールが開始の合図を告げると同時、二人は同時に剣を中段に構えた。

「……」

「……」

五メートルの距離を挟んだ状態で、お互いに視線を交わす中――勝利を確信しているレイオスは、ルナの体が小刻みに震えていることに気付く。

「どうした、震えているぞ？　この俺が怖いのか？　まったく……無様なものだな。戦う覚悟すらない未熟者が、半端な気持ちで聖女学院に来るからそうなるのだ」

あまりに見当違いな指摘を受けたルナは、

（逆にレイオスさんは、どうしてそんなに自信満々なんですか!?　あなた、私の匙加減一つで死んじゃうんですよ!?）

荒ぶる気持ちをなんとか必死に抑えつける。

彼女が震えていたのは事実だが……もちろんレイオスを恐れているからではない。手加減の苦手な自分が、この後の作戦で失敗しないか、それを不安に思ってのことだ。

「さて、そろそろ始めようか。いや、終わらせようか」

不敵な笑みを浮かべたレイオスは、力強く大地を蹴り付けた。

たったの一歩で間合いはゼロになり、退魔剣ローグレアの射程にルナを捉える。

「——そら、しばらく寝ていろ！」

放たれたのは袈裟斬り。

まるでコマ送りのようにゆっっっくりと迫るレイオスの斬撃に対し、ルナはしっかりとタイミングを見極め——真っ正面からレイピアで迎え撃つ。

（よし、ここだ……！）

（こ、こいつ、俺の剣速に反応しただと⁉）

次の瞬間、両者は激しくぶつかり合い、赤い火花が宙を舞う。

その結果——。

「あ、あ～れ～……っ」

ルナはわざとらしい悲鳴をあげながら、大きく後ろへ吹き飛び——そのままばったりと倒れ伏した。

（ふっふっふっ、我ながら完璧な作戦！　最高級のやられ演技！）

彼女は心の中で、グッと拳を握る。

ルナの考案した策は極めてシンプル。

自身の卓越した演技力を駆使して、他の誰にも「わざと負けた」と悟られないようにレイオスに敗れる、というものだ。

この模擬戦は聖女への崇高な捧げものであり、自ら敗北を選ぶなど言語道断なのだが……。

本物の聖女であるルナにとって、そんなことはどうだってよかった。今の彼女にとって大切なのは、如何にしてこの難局を無事に乗り切るか、ただそれだけだ。

（よしよし、これなら誰も傷付かず、全て丸く収ま……ん？）

ここに来てようやく、周囲の異様な空気に気付いた。

模擬戦はレイオスの勝利で片が付いたはずなのに、終了の合図もなければ、歓声の一つもあがらない。

異様なほどにシンと静まり返っている。

（……いったい何が……？）

不審に思ったルナは、器用にパチリと片目を開け、周囲の様子を窺う。

するとそこには――、

「ば、馬鹿な……ッ!?」

まるで小鹿のようにカタカタと小刻みに震える、レイオス・ラインハルトの姿があった。

彼の視線の先には、真っ二つに切断された退魔剣ローグレア。

（……どうして折れてるの……？）

それはルナの心の底から出た疑問だ。

彼女は単純に知らなかった。

たとえ規格品のレイピアであろうと、ボロボロの木刀であろうと、使い込まれた箒であろうと、ひとたび聖女が握ったならば、それはもはや『聖剣』。

ラインハルト家に引き継がれし退魔剣は、ルナが無意識に生み出した聖剣に触れた瞬間、まるで豆腐のように斬り落とされたのだ。

これに大きな衝撃を受けたのが、レイオス・ラインハルトの実力をよく知る、聖騎士学院の生徒たちだ。

「お、おい見ろよあれ、レイオスの退魔剣が真っ二つだぞ……!?」

「それに比べて、ルナさんのレイピアは刃毀れ一つない……。彼女、とんでもない剣術の腕をしているね」

「んー、でもなんかおかしくないか？　レイオスの剣はぶっ壊れていて、ルナさんの剣は無傷なんだよな？　それならどうして彼女は、あんなに遠くへ吹き飛んだんだ……？」

不審に思った彼らの視線が、ルナの全身にグサグサと突き刺さる。

「れ、レイオスさんの斬撃、とんでもない威力だったなぁ……。思わず吹き飛ばされちゃったよぉ……」

酷い棒読み＋嘘くさい説明口調で、なんとか火消しを図るルナだが……衆人環視の中で退魔剣を叩き斬った手前、あまり効果は望めないだろう。

「ふむ……いくつか気に掛かる点はあるが、ひとまず――勝者レイオス・ラインハルト」

ジュラールは勝敗を宣告した後、簡単な総評を述べる。

「おそらくこのペアは、最も実力差の大きい組み合わせだろう。それにもかかわらず、ルナ・スペディオは素晴らしい輝きを放って見せた。あのレイオス・ラインハルトの剣に対応しただけでなく、卓越したレイピア捌きを以って、退魔剣を両断したその技量……称賛に値する。敗れこそしたものの、見事な戦いだったぞ」

彼はそう言って、惜しみない賛辞を送った。

今回の模擬戦、勝負の果てに立っていたのはレイオス、倒れ伏していたのはルナ。

すなわち勝者はレイオスで、敗者はルナなのだが……。

周りの目にはそう映らなかったらしく、聖騎士学院の生徒がルナのもとへ押し寄せる。

「ほんま凄かったでぇ、ルナちゃん！　なんなんキミ、支援科やのにめちゃくちゃ強いやん！」

「まさかあのレイオスの剣速に反応するなんてな、マジで驚いたぜ！」

「ねぇねぇ、どうやってあの退魔剣を斬ったの？　後それから、剣術は誰に習ったの？　あっ、もしかして我流？　参考までに教えてくれないかな!?」

彼らの口からは、まるで五月雨のように怒濤の質問が放たれた。

「え、えーっと、私は全然強くなくて、さっきのは本当に偶然で、そもそも剣は習っていなくてですね……っ」

みんなの『誤解』を解くため、ルナが必死に答えていると、

「くっ……この屈辱、決して忘れんぞ。……覚えておけよ、ルナ・スペディオ……ッ」

プライドをズタズタにされたレイオスは、ルナに憎悪の眼差しを向けた後——まだ授業中にもかかわらず、演習場から立ち去った。

そしてさらに……。

「聖女科にも入れなかった支援科の分際で、聖騎士学院の殿方にチヤホヤされるだなんて……許せないですわ……ッ」

「退魔剣ローグレアが折れたのは、レイオス様が武器の整備を怠っていただけでしょうに……！」

「見てよあの顔、すっかりいい気になっちゃってさ……ほんとムカつくわね……っ」

聖女学院の——主に聖女科のクラスメイトから、強い嫉妬の眼差しが飛ぶ。

（うぅ……私は何も悪くないのに、どうしていつもこんな目に遭うの……っ）

このところ立て続けに起こっている災難に対し、ルナはがっくりと肩を落とすのだった。

■

ルナが聖女学院に入学してから、ちょうど一週間が経過したこの日——聖女学院の一年

生は全員、王都の東方に位置する『とある森林』の入り口に集合していた。

各クラスの担当教員の指示に従って、A組からE組まで二列になって並び、学院長が到着するまでの間、しばらくその場で待機する。

「うわぁ……見てロー、すっごい森だよ。どれだけ広いんだろう」

「随分と瘴気が濃いですね。それに……あちこちから魔獣のにおいがします」

「えっ、鼻いいんだね。私、全然わかんないや」

ルナとローが小声でそんな話をしていると、森の奥から立派な真っ白い髭を蓄えた大男が、のっそのっそと歩いてきた。

「せ、仙人だ！　森の仙人様が出て来たよ!?」

「仙人ではありません。あの方は聖女学院の学院長、入学式で一度お会いしましたよ」

「あれ、そうだっけ？」

森の中から出て来た大男は、懐からハンカチを取り出し、額の汗をポンポンと拭う。

「ふぅ……遅れてすまんのぅ。『下準備』にちょっと手間取ってしもうてな」

予定より一分遅れたことを陳謝した彼は、コホンと咳払いをして、一年生全員の注目を集めた。

「――生徒諸君、こうして顔を合わせるのは、入学式以来になるかのぅ。もう覚えておらん者も多いじゃろうから、この場を借りてもう一度自己紹介をしておこう。儂の名はバダム・ローゼンハイム、この聖女学院の学院長を務めておる」

バダム・ローゼンハイム、120歳。

身長2メートル、お腹周りに豊かな贅肉を付けた恰幅のいい体型。

長い白髪が顔の周囲をぐるりと覆い、その立派な髭とほとんど一体化している。

知性溢れる群青色の瞳・よく通った高い鼻・人を安心させる穏やかな顔つきだ。

魔法の掛かった特殊な眼鏡を掛け、白を基調とした高貴な魔法装束に身を包んだ彼は、生徒たちに向けて話を始める。

「まずはこの一週間、本学院の厳しい授業によく耐えた。諸君らのその努力は、まっこと素晴らしいものじゃ。しかしながら……そろそろ苦しくなってきている者もおるのではないかな？」

バダムは生徒一人一人の目をジッと見ながら、話を先へ進める。

「例年、だいたいこれぐらいの時期になると、『息切れ』を起こす生徒がポツポツと現れる。周囲のレベルに圧倒された者、授業の進度に付いて来られなくなった者、自分こそが聖女であるという自信が持てなくなった者……まぁ理由は様々じゃ」

彼は左手でその長い髭を弄びながら、続きを語る。

「しかしながら、そういうことを自ら言い出すのは難しい。何せ諸君らの背中には、親族の期待も重く乗っているからのぅ。そこで――我が聖女学院は毎年、入学して一週間が経つ頃を目安に『聖女適性試験』を実施しておる」

バダムは一呼吸置き、説明を進める。

「試験の内容は至って簡単、聖女科と支援科の生徒がバディを組み、二人揃ってこの『瘴気の森』を抜ける――これだけじゃ。制限時間は六時間、スタート地点は今いる南口、ゴールは真反対にある北口。無事に森を踏破した者たちは合格、今後も聖女学院で研鑽を積んでもらう。途中でリタイアした者たちは不合格――その場で退学処分を下す」

その厳しい発言を受け、

「「「……っ」」」

一年生に緊張が走った。

聖女適性試験は非常に有名なため、もちろん彼女たちはみんなこれを知っていたのだが……。改めてはっきり言われると、お腹の底にズンとのしかかるものがあったのだ。

一方のルナは、他とは少し異なる受け止め方をしていた。

「でもこれ、考えようによっては優しい試験だよね？　生徒が自分から『やめる』って言うのはつらいから、学院側がやめる機会を用意してあげるってことでしょ？」

「いいえ、違います。聖女学院のシステムは非常に効率的で――残酷。彼らは聖女様を見つけるためならば、文字通りなんでもするのです。そもそも本当に生徒のことを思うのなら、あの瘴気の森を抜けて来いなどという、ふざけた試験を課す必要はありません。きちんと面談の時間を設けて、自主退学を促せばいいだけです」

瘴気の森の危険性を知るローはそう話し、

「言われてみれば……確かに……っ」

ルナもその意見に納得を見せた。

「聖女学院の上層部は、学生を敢えて危機的状況に置くことで、その『真価』を見ようとしています。その者に聖女の資質があればそれでよし、聖女の資質がなければ、速やかに学院から排除する。そうして残った者たちを次の篩に掛けていく――一日でも早く聖女様を見つけるため、徹底的な効率化を図る。……まぁ人類の置かれているこの窮地を考えれば、彼らの気持ちもわからなくはありませんがね」

「なる、ほど……」

「ときに……ルナ様はあらゆる物事を好意的に受け取るきらいがあります。それは確かに美点なのですが、世界はそんなに優しい人ばかりではありません。貴女は純粋でとても騙されやすい性質、邪悪な者につけ込まれないよう、くれぐれもご注意ください」

「わ、わかった……っ」

ローの親身なアドバイスを受け、ルナはコクコクと頷いた。

それから少しして、生徒たちのざわつきが収まったところで、バダムは話を再開する。

「先ほど話した聖女適性試験の内容なのじゃが、ただ森を抜けるだけでは、ちぃとばかし簡単過ぎるでな。故に儂は、皆に先んじて森へ入り、魔獣を百体ほど放っておいた。諸君らにはこれらの魔獣を倒しながら、迷路のような瘴気の森を進んでもらいたい」

ちなみに……この適性試験の過年度の合格率は50％。

二人に一人が不合格――退学処分となる計算だ。

「もちろん我々教員は、学生の安全にも配慮しなければならん。そこで諸君らには、後でこの巻物(スクロール)を配布する。これには青く着色した特殊な〈炎(フレイム)〉が込められており、救難信号の役割を持つ。もしものときは、大空に向けて解き放つがよい。待機中の教員が、一分以内にそこへ駆け付けよう。もちろんその場合、試験の結果は不合格、聖女学院を去ってもらうがのぅ」

そうして本試験に係る基本事項を伝え終えたバダムは、いつにも増して真剣な表情を浮かべる。

「それから最後に一つ、注意事項がある。瘴気の森の中央部には、『死の谷』と呼ばれる、深さ1000メートルもの巨大な渓谷がある。この高さから落ちれば、まず以って命はない。いくつもの奇跡が重なり、無事に谷底へ降り立てたとしても、そこは凶悪な魔獣が跋扈(ばっこ)する地獄。どう足掻(あが)いても助からん」

真剣な空気が流れる中、バダムはパンと手を打つ。

「さて、聖女適性試験の説明はこれで終わりじゃ。質問は……ふむ、特にないようなので、早速バディを決めていこうかのぅ」

彼は空中に指を走らせ、空間魔法を発動、机と木箱を二セットずつ取り出した。

「これは儂が昨晩、夜なべして作ったくじじゃ。聖女科の生徒は白の箱から、支援科の生徒は黄色の箱から、それぞれ一枚くじを引き——同じ番号の書かれた者同士がバディを組む。では、一年A組から順に引いていってもらおうかのぅ」

バダムの指示に従って、A組の生徒たちが動き出す。

「バディかぁ、ローと一緒だといいなぁ」

「こればかりは運ですからね。祈っておきましょう」

聖女科と支援科に分かれて、それぞれがくじを引いていく。

厳正なくじ引きの結果――ルナのバディが決定した。

「……る、ルナ・スペディオです。よろしく、お願いします……っ」

「レイトン家が長子サール・コ・レイトンですわ！　よろしくお願いしますね、ルナさん」

支援科のルナは、聖女科のサルコことサール・コ・レイトンと組むことになった。

サール・コ・レイトン、15歳。

身長165センチ、非常にスタイルのよい体型、たなびく金髪の縦ロールが美しい。

澄んだライムグリーンの瞳・自信に満ち溢れた勝気（かちき）な表情・非常に目鼻立ちの整った顔、聖女学院聖女科の制服を着ている。

（あぁ、私ってなんて運が悪いんだろう。まさかよりにもよって、あのサルコさんとバディを組むことになるなんて……）

ルナはどちらかと言えばインドアの草食派で、サルコのようなゴリゴリの肉食派はちょっと苦手だった。

それに何より、サルコには『聖女の力』を見られた可能性がある。よっぽどのことでもない限り接触は避けたい——というのが、偽らざる本音だ。

ルナが心の中でため息をついていると、サルコがズィッと顔を覗き込んでくる。

「あの、なんでしょうか……？」

「……入学式の日にお見掛けしたときから、ずっと思っていたんですけれど……。あなた、前にどこかでお会いしませんでしたか？」

「き、きっと気のせいですね！　どこかの誰かさんと間違えていませんか？」

「うーん……いやでも、確かにどこかで会ったような……」

サルコは納得がいっていないようで、記憶の川を遡り始めた。

このままではマズい、そう判断したルナは、パンと手を打ち鳴らす。

「それよりもほら、早く『作戦会議』をしましょう！　もう他のバディはみんな始めちゃっていますし、あまりゆっくりしていたら、待ち時間がなくなってしまいますよ？」

くじを引いてバディを組み終えた生徒には、三十分の持ち時間が与えられる。

生徒たちはこの時間を有効に活用し、お互いの得意な魔法や戦い方などを共有——本番での意思疎通を円滑にしておくのだ。

「……そう、ですわね。では、私達も始めましょうか、作戦会議」

「はい！　（ふぅ……助かったぁ……っ）」

その後、二人は近くの切り株に腰を下ろし、お互いの持ち物を確認していく。

「私は聖女科なので、魔具・ポーション・巻物といった、補助アイテムの持ち込みは一切許可されておりません。武器はこのレイピア一本だけですわ」

サルコはそう言って、左腰に差したレイピアをチラリと見せた。

「私は支援科なので、くじ引きのときに、いろいろといただきましたよ」

ルナはそう言って、配布された支援セットの中身を取り出す。

ポーションの生成に必要な薬草・純水・試験管。

下位の汎用魔法〈敏捷性強化（リーンフォース・アジリティ）〉・〈防壁（ウォール）〉・〈霧（フォッグ）〉が込められた巻物（スクロール）三本。

救難信号をあげるための特殊な〈炎（フレイム）〉の巻物（スクロール）が一本。

そして最後に、これら全てを持ち運ぶための肩掛けポシェットだ。

「なるほど……巻物（スクロール）に込められた魔法を見る限り、教師陣は支援科の生徒に後方での戦闘補助を期待しているわけですね」

「多分、そうみたいです」

持ち物の共有を終えた後は、戦闘スタイルや得意な魔法について話し合う。

「それではルナ、まずはあなたの得意なことを教えてください」

「えーっと………体力には自信があります」

「それはつまり、魔法も剣術もさっぱりということですわね？」

「……はい、そういう感じでお願いします」

それは『完全無能宣言』に他ならないが……正直に「素手の殴り合いが得意です」と言った場合、戦闘に駆り出されてしまうかもしれない。

下手なリスクを負うぐらいなら、無能と笑われた方がいい、ルナはそう考えたのだ。

「まぁ問題ありませんわ。私一人いれば、こんな試験ちょちょいのちょいですもの」

サルコは不敵な笑みを浮かべ、金髪の横髪をふぁさっと掻き上げた。

「す、凄い自信ですね……っ。ちなみにサルコさんは、どういう戦い方を――」

「――サルコ？」

「あっ。すみません、今のはちょっと油断したというか、なんというか、その……っ」

マウント山を支配する猿山連合の大将――故にサルコ。

そんなこと口が裂けても言えるはずもなく、ルナがおろおろしていると……。

「なるほど、サール・コ・レイトン……略してサルコですか。いいですわね、好きにお呼びなさい」

彼女はどういうわけか、少し嬉しそうに微笑んだ。

その後、二人は試験中のコミュニケーションを円滑にするため、残りの時間を雑談に費やし――持ち時間の三十分が終了する。

「さぁ行きますわよ、ルナ！」

「は、はい！」

こうして二人は、瘴気の森に足を踏み入れるのだった。

■

瘴気の森に入って早二時間――ルナとサルコのペアは、順調に進んで行き、そろそろ森の中央部に差し掛かろうとしていた。

（サルコさん、凄いなぁ……）

彼女は大口を叩くだけあって、非常に優秀だった。

得意の風魔法を使って、空気の流れを完璧に読み、迷路のような森をすいすいと進んで行く。

そして何より――強かった。

「――ふっ！」

「――そこっ！」

「――ハァッ！」

風魔法により敏捷性を強化したサルコは、レイピアを巧みに操り、襲い来る魔獣たちを次々に斬り伏せていく。

「おー、お見事です」

「ふっ、造作もないことですわ」

ルナの拍手を受けたサルコは、満更でもなさそうに微笑んだ。

そうして二人は順調に進んで行き、いよいよ森の中央部に到達する。

「うわぁ、これが『死の谷』ですか……。凄く深い、底が全然見えませんね」

「ルナ、あまり覗き込んではいけませんよ？　こんなところから落っこちたら、ひとたまりもありません。危険ですので、谷からは距離を取って進みましょう」

「はい（サルコさん、優しくて喋りやすいなぁ。ずっと怖い人だと思っていたけど、実はいい人なのかな……？）」

二人が死の谷から離れようとしたとしたそのとき――ルナとサルコのもとへ風の刃が殺到する。

「これは……!?　ハァッ！」

いち早く攻撃に気付いたサルコは、レイピアで素早く迎撃。

その一方で、

「……？」

風の斬撃を『攻撃』とさえ思わなかったルナは、「気持ちのいい風だなぁ」と心を癒される。

「ルナ、大丈夫ですの!?」

「何がですか？」

「えっいや、確かあなたのところにも風の魔法が……あれ？」

不思議そうに小首を傾げるルナとサルコ。

そんな彼女たちの前に、とあるバディが立ち塞がる。

「――あら、ごめんなさい。あまりにも不細工なシルエットだったから、てっきり魔獣か

なさいしなきゃ」

と思って、間違えて攻撃しちゃったわ」

カレン・アスコート、15歳。

赤いショートヘアと好戦的な目が特徴的な聖女科の生徒だ。

「カレンちゃん、ちょっと言い過ぎだよ？　間違えて撃っちゃったなら、ちゃんとごめん

エレイン・ノスタリオ、15歳。

青いミディアムヘアとおっとりした空気感が特徴的な支援科の生徒だ。

カレンとエレインの安っぽい言い訳を聞いたサルコは、「やれやれ」と首を横へ振る。

「『間違えた』だなんて、また見え透いた嘘を……。私達が気に入らないのなら、はっきりそう言ったらどうかしら？」

「あっ、バレてた？」

カレンはまるで隠すことなく、ケロッとした表情で、その心のうちを暴露する。

「あんたたち、純粋にムカつくのよね。無駄に偉そうなボス猿女と支援科の癖に目立ちまくる馬鹿女、もう鬱陶しいったらありゃしない」

「カレンちゃん、毒舌だなー」

毒を吐き続ける相方を止めようともせず、エレインは苦笑を浮かべる。

「でもさ、あたしは我慢したんだ。あんたらは今注目を浴びているから、下手にちょっかいを出すと面倒なことになりかねないしね。ムカつく気持ちをグッと押し殺して……ずっ

なァ！」

と静かに機を窺っていた。そしてようやく来た、聖女適性試験が実施される、この日が

邪悪な笑みを浮かべたカレンは、両手を広げて嬉々として語る。

「この試験に落ちた奴は、問答無用で退学になる！　ここであんたらをボコっちまえば、厄介者二人をいっぺんに排除できるってわけだ！」

勝ち誇った顔で楽しそうに語る彼女に対し――意外にもここまで静かに話を聞いていたサルコは、納得がいったとばかりに何度も頷く。

「なるほどなるほど……つまり、僻みですわね？」

「……あ？」

その瞬間、カレンの瞳に危険な色が宿った。

「自分より目立っている生徒に苛立つという気持ちは、まぁわからなくもありません。ただ――あなたが本当に優れた者であれば、自然に注目は集まってきますわよ？　それが来ないからって、拗ねて暴力に訴えるだなんて……アスコート家の跡取り娘は、いじらしいですわねぇ」

「て、てんめぇ……ッ」

サルコはクスクスといやらしく微笑み、

カレンは顔を赤く染め、拳を固く握り締める。

この前哨戦は、サルコの完勝だった。

それもそのはず……彼女は海千山千の猛者が犇く夜会に乗り込み、幾度のマウント合戦を越えて不敗――この手の争いでは、無敵の強さを誇るのだ。

一方、女の熾烈な戦いを間近で目にしたルナは、

（こ、怖ぁ……っ）

まるで小動物よろしく、カタカタと震えている。

「レイトン家の七光り娘が……ぶち殺してやる……ッ！」

「ふふっ、やってごらんなさい。格の違いというものを教えてさしあげますわ！」

一触即発の空気が漂う中、サルコとカレンはゆっくりと剣を引き抜き――まるで口裏でも合わせたかのように、同じタイミングで駆け出した。

「「ハァ……ッ！」」

二本の剣閃が宙を舞い、硬質な音と共に赤い火花が咲き乱れる。

「これでも食らいな――〈烈風〉ッ！」

「それならこちらも――〈烈風〉」

風の衝撃波がぶつかり合い、お互いの間に距離が生まれた。

二人が得意とするのは、奇しくも同じ風属性の魔法だ。

「ふーん、口だけかと思ったら、意外とやるじゃん」

「あら、まだ小指の先ほどの力しか、出していませんことよ？」

「ほんっと、どこまでもムカつく女だなぁ……！」

風の力を全身に纏(まと)った二人は、再び激しい剣戟(けんげき)の中に身を投じていく。

一方その頃、ルナとエレインは意外な展開を迎えていた。

「――ねぇあなた、ルナちゃんだよね？」

「そうですけど……」

ルナは警戒の姿勢を崩さず、首だけでコクリと頷く。

「私はエレイン・ノスタリオ。せっかくの機会だしさ、ちょっとお喋りしない？」

「……えっ？」

それは思いもよらない提案だった。

「ほら、私たち所詮『落ちこぼれの支援科』だしさ、必死になって戦うのもダルイでしょ？」

「ま、まぁ……そうかも、ですね」

言葉の節々に棘(とげ)のようなものを感じながらも、ルナはコクリと頷く。

力加減がすこぶる苦手な彼女としても、穏便にコトを済ませられるのなら、それが一番だと思ったのだ。

一時休戦となった二人は、横一列に並び、ゆっくり歩きながら雑談を交わす。

「私とカレンちゃんはさ、所謂(いわゆる)幼馴染(おさななじみ)ってやつなんだ」

「へぇ、そうなんですか」

「うん。親同士が仲良くて家も近かったから、小さい頃はずっと一緒に遊んでたの。……

あの頃はよく『聖女様ごっこ』をやってさ。お互いに『私こそが聖女様の転生体だ！』って言い合って、何度も喧嘩したっけか」

エレインは昔を懐かしむように、ポツリポツリと語る。

「……聖女様ごっこ……」

いったいどんな遊びなんだろう、ルナはちょっとだけ気になった。

「でも……私は駄目だった、私は聖女様じゃなかった。幼稚舎に入ってすぐの魔力測定で、わかっちゃったの。カレンちゃんは……私の十倍以上の魔力を持っていたんだ」

「十倍以上……」

魔力はあらゆることに応用できる『力の源』だ。

体に纏えば運動能力が上がり、魔法に込めれば威力が高まり、傷口に当てれば回復が速まる。

そして個人が持つ魔力の総量は、先天的な要素によってほとんど決まっており、修業や訓練によって増やすことは難しい。

仲のよかった友達に十倍以上もの大差を付けられていたという現実は、エレインの性格を大きく歪めた。

「私は諦めた。どうやったって、カレンちゃんより目立てないし、カレンちゃんには勝てない。私は……落ちこぼれなんだ」

エレインの心の奥から、仄暗い感情が沸々と湧き上がる。

「落ちこぼれはさ、どれだけ努力したって、何も変わらないし変えられない。結局のところ、落ちこぼれたまま。だから私は両親の強い反対を押し切って、支援科に入ったの。聖女科にも合格していたんだけど、どうせ私は聖女様になれないしね」

「そ、そうなんですか……」

「うん」

二人の会話はそこで途絶え、

「……」

「……」

重苦しい空気が流れ出した。

それから数秒が経ったあるとき、エレインがポツリと呟く。

「なんというかさぁ——ムカつくんだよね」

「……ムカつく？」

このとき、彼女のトーンが明確に変わった。

穏やかで静かなものから、暗くおどろおどろしいものへ。

「そう、ムカつくの。なんの才能もないくせに運だけで注目されている人が、大した実力もないくせに偶然目立っている人が、虫唾が走るぐらいムカつく」

エレインはそう言って、晴れやかな笑みを浮かべる。

「私ね、あなたみたいな『勘違い女』が——大嫌いなんだ」

次の瞬間、

「死んじゃえ」

ルナの体がトンと押された。

「えっ？」

僅かな浮遊感が体を包んだ直後、彼女の体は死の谷へ吸い込まれていく。

（うそ、どうして……⁉）

エレインの重たい身の上話に意識を取られていたため、ルナはまったく気付かなかった。

自分が死の谷のすぐそばまで、誘導されていたことに。

「ばいばーい」

遥か上空のエレインは、無邪気な微笑みを浮かべながら、小さく手を振っている。

（もう、酷いことするなぁ……。こんなところから落ちたら、制服が汚れちゃうよ……）

ルナは聖女。

たとえ上空一万メートルから落下したとしても、掠り傷一つ負うことはない。

しかし次の瞬間、彼女は驚愕に目を見開いた。

「ルナ……ッ！」

なんとサルコが、ルナを助けるために死の谷へ飛び込んできたのだ。

「えっ、ちょっ⁉　サルコさん、いったい何を⁉」

「いいから黙っていなさい！」

鬼気迫る表情のサルコは、ぴしゃりとそう言い放ち、

「三……二……一……今ッ！　〈風霊の剛撃(エア・ブロウ)〉！」

迫る大地に向けて、完璧なタイミングで風の魔法を発動する。

（……ほんの少しでも、速度を落とせれば……ッ）

地面に放たれた〈風霊の剛撃(エア・ブロウ)〉によって、落下速度は少しずつ減衰していく。

しかし、二人分の落下エネルギーを完璧に相殺することはできず、

「ぐ……ッ」

ルナとサルコは、固い地面に全身を打ち付けた。

「だ、大丈夫ですか!?」

当然のように無傷のルナは、慌ててサルコのもとへ駆け寄る。

「はぁはぁ……っ。えぇ……少し痛みますが、魔力で肉体を強化したので、なんとか無事ですわ。それより、あなたは……？」

「あー……打ちどころがよかったのでセーフでした」

「う、打ちどころ……？　まぁ問題ないのなら、それでいいですわ」

サルコはそう言って、ホッと安堵(あんど)の息を吐く。

お互いの無事を確認し合ったところで、ルナはとある質問を口にする。

「サルコさん、どうして私を助けたんですか……？」

聖女であるルナとは違い、サルコは普通の人間だ。

あんな高さから飛び降りて、平気なわけがない、怖くないわけがない。

実際に今回だって、下手をすれば死んでいた。

それなのに……今日たまたまバディを組んだだけの自分を、どうして命懸けで助けたのか。

ルナは、それが知りたかった。

「これはまた異なことを聞きますわね。私は聖女様の転生体、バディを助けるなんて、当たり前のことですわ」

サルコは至極当然のようにそう言い放った。

彼女は心の底から、自分こそが聖女の転生体であると信じているのだ。

「そ、その考え方は……っ」

ルナは何かを言い掛け――呑み込んだ。

(その考え方は……間違っているんですよ、サルコさん……)

正しいけれど、正しくない。

赤の他人のために、親しくもない人のために、知らない誰かのために、命を懸けるのは……違う。

三百年前、聖女はそれをやり過ぎた結果――破滅した。

サルコには、自分と同じ道を辿ってほしくなかった。

ありもしない聖女の理想像を追い掛けて、絶望に沈んでほしくなかった。

しかし今の自分が――聖女をやめたルナ・スペディオがそれを言ったところで、サルコが考えを変えるわけもない。

ルナの胸中は、とても複雑だった。

「さて、そんなことよりも、これからどうするかを考え……痛っ」

サルコが立ち上がろうしたそのとき、彼女の顔が苦痛に歪む。

見れば、左の足首が痛々しく腫れあがっていた。

先の落下の衝撃で、挫いてしまったのだ。

「これは……捻挫ですね。今治しちゃいますから、じっとしていてください」

ルナは回復魔法を使おうとして――やめた。

（っと、危ない危ない）

回復魔法は非常に習得が難しく、それを行使可能なだけで、周囲から一目置かれてしまう。

無用な注目を避けるためにも、ここでは使うべきじゃない、そう判断したのだ。

「すぐにポーションを作るので、少し待っていてください」

ルナは肩掛けポシェットの中から、薬草・純水・試験管を取り出し、素早くポーションを生成する。

「――できました、こちらをどうぞ」

「ありがとう、助かりますわ」

礼儀正しく謝意を告げたサルコは、ポーションをぐぃっと一気に飲み干した。

するとすぐの瞬間、

「こ、これは……!?」

カレンとの戦闘で負った傷も、風の魔法で消耗した魔力も、捻挫した足首も、全て完璧に回復した。

「……凄い回復量。ルナ、あなたポーション作りの才能があるんですね！　きっとこれ、高く売れますわよ！」

「ど、どうも……っ」

先ほどサルコに渡したのはエリクサー。

状況が状況だったので仕方なく作ったのだが……あまりそこには触れてほしくなかったので、急ぎ別の話題を振ることにした。

「そう言えばサルコさん、ここって確か凶悪な魔獣がたくさんいる、とても危険な場所なんですよね？」

「えぇ。死の谷には、非常に強い魔獣が多数生息しています。一応ここもエルギア王国の領土なので、聖騎士たちが年に一度の巡回調査を行っているそうなのですが……そのたびに大きな被害が出る、魔の領域ですわ」

「魔の領域……」

「ちなみにこれは余談ですが……。昔は罪人をここへ放り込む、投獄刑というものがあったらしく、死の谷の底からは罪人たちの恨み言やすすり泣く声が聞こえる——という有名な怪談がありますわ」

「……っ」

その瞬間、ルナの顔からスーッと血の気が引いた。

魔獣についてはさしたる問題ではないのだが、幽霊が出るとなれば話は別だ。

「きゅ、救難信号を！　早く救難信号をあげましょう……！」

ルナが大慌てで特殊な〈炎〉（フレイム）の巻物（スクロール）を開こうとするが——サルコが素早く「待った」を掛けた。

「いけませんわ、ルナ！　そんなことをしては、不合格になってしまいますわよ!?」

「で、でも……私達（たち）もう死の谷に落っこちちゃってますし……っ」

「いいですか、落ち着いて聞いてください。学院長は『死の谷に落ちたら助からない』と言っておりましたが、『死の谷に落ちたら不合格』とは言っておりません。私達の試験は、まだ終わっていませんことよ！」

「それはそうかもしれませんが……。どうするつもりなんですか？」

「それはもちろん——この壁を登るのです！」

「こ、この断崖絶壁を……？」

死の谷の壁はほとんど垂直。

聖女であるルナにとっては、平地を歩くのと同然の行いだが……。

普通の人間に、これを登り切ることは不可能だ。

「ふふっ、問題ありません。我がレイトン家は風魔法の名家。そしてこのサール・コ・レイトンは、歴代で最も風に愛された女。私の風魔法があれば、どんな絶壁も軽くひとっ飛びですわ！」

「なるほど！」

ルナは感心しきった様子で、ポンと手を打つ。

彼女としても自分が足を引っ張って、サルコが退学になるような事態は望んでいない。

無事に崖を登り切れるのであれば、それがベストだ。

「まぁさすがの私も、人間二人をあそこまで飛ばすには、それなりに大きな魔法を使わなくてはなりません。今から『風の儀式』を準備しますので、少し待っていてくださ——」

サルコが地面に魔法陣を描こうとしたそのとき、前方からドスドスドスという鈍重な足音が響く。

そちらに目を向ければ、

「ゲギャギャギャッ！」

「ゴフッ！　ゴフッ！」

「ギッギッギ！」

ゴブリン・コボルト・オークなどなど、数えるのも馬鹿らしくなるほどの魔獣の大群がいた。

久しぶりに人間を見つけた彼らは、なんとも醜悪な笑みを浮かべている。

「はぁ……間の悪い奴等ですわね」

嘆息を零したサルコは、一歩前に踏み出す。

「ルナ、危険ですから下がっていてください」

「は、はい……っ」

腰のレイピアをスーっと引き抜き、臨戦態勢に入った彼女は――魔獣の軍勢に突撃する。

「ハァアアアア……！」

サルコは強かった。

得意の風魔法によって強化された敏捷性。そこに研ぎ澄まされた剣術が加わった結果、
圧倒的な速度で魔獣を斬り刻んでいく。

（森にいた個体よりも、幾分か強いですが……。この程度ならば、押し通りますわ！）

十分後――彼女はたった一人で、百体もの魔獣を討伐した。

「ふぅ……さすがにちょっと疲れましたわね」

汗を拭うと同時、ルナの悲鳴のような叫び声が響く。

「サルコさん、『上』……ッ！」

「～～ッ!?」

咄嗟の判断で、大きく前に跳ぶ。

その直後、先ほどまで自分の立っていた場所が、文字通り『粉砕』された。

大地がグラグラと揺れ、激しい土煙が巻き上がる中——。

「グゥオオオオオオ……！」

見上げるほどに巨大な魔獣が、凄まじい雄叫びを上げる。

全長10メートルに達する巨体・頭部から伸びる捻じれた双角・ぎょろぎょろと動く大きな目・大木のように発達した二本の前腕・全身を覆う漆黒の体毛、外見的特徴から『オーガ』種であることは間違いない。

しかし、通常のオーガ種とは決定的に異なる特徴が一つ——首周りの被毛が、真紅に染まっていた。

僅かな違いだが、これが意味するところは非常に大きい。

「このサイズは、オーガの『上位種』!? いや、被毛の色が少し違う。この魔獣はまさか……オーガの『変異種』!?」

変異種、それは突然変異を起こした魔獣の総称だ。

その発生確率は極端に低く、十万匹に一匹とも百万匹に一匹とも言われている。

そして最大の特徴は——デタラメに強い。

討伐対象を『通常種』と誤認した聖騎士大隊が、『変異種』に皆殺しにされた例もあるぐらいだ。

聖女学院へ入学したばかりの生徒に、どうこうできる相手ではない。

（む、無理ですわ……っ。上位種ならばまだしも、変異種の単独討伐なんて……絶対に不

可能。私一人では勝てない。ここは撤退すべき。でも、ルナの足では逃げ切れない……っ）

サルコがルナの方へ僅かに視線を向けたそのとき、変異種の姿がフッと消える。

「えっ？」

「サルコさん、後ろ……！」

振り返るとそこには――大きく右手を振り上げた、変異種の姿があった。

「は、速……っ!?」

刹那、変異種の巨腕がサルコの腹部を深々と抉る。

「か、はぁ……っ!?」

肺の中の空気を全て吐き出した彼女は、地面と平行に飛び、後方の壁面に背中を強打。

「……ル、ナ……逃げな、さぃ……ッ」

彼女は必死にその言葉を絞り出すと、静かに意識を手放した。

「ヴォオオオオオオ……！」

獲物を仕留めた高揚感か、変異種は興奮して雄叫びをあげる。

その大声が呼び水となって、さらに多くの魔獣が集まってきた。

「ガロロロロ……ッ」

「オー、オー、オー……」

「ギュルゥウウウウ……！」

ガーゴイルの変異種・グールの変異種・キメラの変異種、まるでこの世の地獄のような光景だ。

死の谷はその名に負けず、文字通り『死の谷』だった。

変異種の群れはダラダラとよだれを垂らしながら、サルコの肉を貪らんと足を伸ばす。

魔獣の好物は人間、特にサルコのような強い魔力を持つ個体は、これ以上ないほどの御馳走だ。

「グギャギャギャギャ……！」

「オッ、オッ、オッ……！」

「ギョッギョッギョッ！」

興奮した魔獣たちの前に――ルナがスッと立ち塞がった。

常人ならば泡を吹いて失神するような状況の中、彼女は落ち着き払った様子で、周囲の状況を確認する。

「ここなら誰も見ていないし、きっと大丈夫なはず……。それに何より、サルコさんは、とてもいい人だからね」

ルナはもう聖女ではない。

しかしその前に、彼女は一人の人間だ。

受けた善意には、善意で返す。

死の谷に突き落とされてしまった自分を、命懸けで助けてくれた大切な友達――それを見捨てるような人間が、悪役令嬢になれるわけがない。

格好よくて立派な悪役令嬢になるためには、きちんと『人としての筋』を通さなければいけないのだ。

「「「ガルラァアアアアアアァ……！」」」

せっかくの御馳走タイムに水を差され、苛立った変異種たちが猛然と押し迫る中――。

「さて、早いところ終わらせちゃおっと」

ルナはそう言って、軽く拳を握るのだった。

■

オーガの変異種に敗れたサルコが目を覚ますとそこは――燃えるような夕焼け空が広がっていた。

「……う、ぅん……はっ、魔獣は!?」

文字通り跳ね起きた彼女は、素早くレイピアを抜き放ち、周囲を警戒する。

しかし、魔獣の姿はどこにもない。

「ここは……いったい……？」

理解が追い付かないサルコの耳に、お日様のような優しい声が響く。

「ここは瘴気の森を抜けた先にあるゴール地点。魔獣はもういませんよ、サルコさん」

振り返るとそこには、草原にぺたりと座るルナがいた。

「る、ルナ……！」

「ちょっ、く、苦しいです……ッ」

「よかった、無事だったんですわね……っ」

ギュッとルナを抱き締めたサルコの目尻には、じんわりと涙が浮かんでいる。

初めて直面した死の恐怖・バディを守れなかった自責の念・無事に二人で生還できた安堵の心、あらゆる感情がごちゃ混ぜになり、コントロールがつかなかったのだ。

それから少しして、サルコはふぅと息をつく。

「申し訳ございません、私としたことが取り乱してしまいましたわ」

「いえいえ、お気になさらず」

ルナがそう言って、軽く手を左右に振ると——突然「はっ!?」と何かを思い出したサルコが、自分の体をペタペタと触り出した。

「どうかしましたか？」

「何故でしょう……魔獣にやられた傷が、どこにもありませんわ」

「あぁ、それなら私が治しておきましたよ」

「治したというのは……例のポーションで、ですか？」

ジッと見つめられたルナは、

「は、はい。私のポーションは、傷口に振り掛けても効果抜群なんですよ！」

ぎこちない笑みを浮かべ、ちょっとした嘘をつく。

実はあのとき――魔獣にやられたサルコの傷は、思いのほかに深かった。

胸骨と肋骨の粉砕骨折および重要臓器の複数破裂、一分一秒を争うような状態だったのだ。

ルナがそれに気付いたのは、襲い掛かって来る魔獣たちを三秒で屠った後のこと。

サルコが「お腹を殴られて気を失っているだけ」と思っていたルナは慌てふためき、エリクサーを作る時間も惜しんで、すぐに高位の回復魔法を使用したのだ。

しかし、さすがにこれをそのまま伝えるわけにはいかず、ポーションで治療した、と嘘をついたのである。

一方のサルコは、どこか納得がいっていない様子だ。

（……あれほどの重傷を下位ポーションで……？）

魔獣の一撃を食らった本人だからこそ、自分の状態をよく理解していた。

絶対に傷つけてはいけない臓器を壊された嫌な感覚、体の奥底から『命』のようなものがスーッと抜けていく絶望感……あれは間違いなく、致命傷だった。

足の捻挫ぐらいならばともかく、重要器官の損傷さえ完全回復させるポーション。

それはもはや、下位ポーションの域を超えている。

そこまで考えたとき、サルコの脳内に電撃が走った。

（……間違いない、やっぱりルナは……っ）

確信を抱いたサルコは、ルナの肩をがっしりと摑む。

「ルナ！」

「は、はい、なんでしょうか？」

「やっぱりあなたは――」

「……っ」

さすがのルナも、このときばかりは背筋が凍った。

しかし、

「やっぱりあなたは、とんでもないポーション作りの才能を持っていますわ！」

「……えっ？」

我らが聖女様に負けず劣らず、サルコもまたポンコツだった。

「それほどの腕があれば、すぐにでもお店を持てるでしょう。あなたのその才能は、みんなを幸せにする、素晴らしいものですわ！」

「あ、ありがとうございます」

本気で聖女バレを覚悟したルナは、ホッと胸を撫で下ろす。

とにもかくにも――サルコが無事に落ち着きを取り戻したところで、二人の話は核心に迫っていく。

「ねぇルナ、『あの後』のことを教えていただけませんか？　私がここにいるということは、きっとあなたが運んでくれたのですよね？」

「はい」

「でも、あの恐ろしく強い魔獣――オーガの変異種を前にして、どうやってそんなことを……？」

これは当然の疑問だった。

倒したのか、逃げたのか。

どちらにせよ、ルナがあの魔獣に上手く対処したという事実は揺るぎない。

サルコの問いに対して、予め用意していた答えを返す。

「それはもちろん――走って撒きました」

「走って撒いた!?」

「はい。あの魔獣は体力がなかったようで、必死に走っていたら逃げ切れました」

「私を背負ったまま……？」

「ほ、ほら最初に言いましたよね？　私、体力には自信があるって！」

ルナはそう言って、ドンと胸を叩いて見せた。

「そう、ですか……。では、私を背負ったまま、どうやってあの断崖絶壁を登ったんですの？　何か特殊な魔法を――」

「――いえ、素手でいきました」

「えっ？」

予想外の回答にサルコの脳はフリーズした。

「素手って……あの、クライマーのように、ですか……？」

「はい、気合いと根性で頑張りました」

「ほ、本当に凄い体力ですのね……っ。私、あなたのことちょっと見くびっていましたわ」

根が純粋なサルコは、ルナの小さな嘘を信じ込み、感謝の言葉を述べる。

「ルナのおかげで命拾いしました、本当にありがとうございます」

「いえいえ、お礼を言うのはこちらの方ですよ。あのときサルコさんが助けてくれなかったら、今頃私は死の谷の底で赤いシミになっていますしね」

冗談交じりにそう言ったルナは――居住まいを正し、ペコリと頭を下げる。

「それで、その……ごめんなさい、サルコさん。私のせいで、あなたまで退学に……」

そう、ルナは間に合わなかったのだ。

サルコを背負ったまま、崖を登り切ったところまではよかったのだが……そこから道に迷ってしまった。

重度の方向音痴であるルナは、サルコのように気流を読むということもできず、迷路のような瘴気の森をグルグルグルグルと歩き回った。

そうしてなんとか出口に辿り着いた頃にはもう、タイムオーバーだったのだ。

ルナから真摯な謝罪を受けたサルコは、目を丸くしてクスリと微笑む。

「ふふっ、そんな些細なこと気にしておりませんわ。聖女とは心の在り方。たとえ聖女学院を退学させられようと、この私サール・コ・レイトンが聖女であるという事実は、全く以ってこれっぽっちも変わりませんもの！」

彼女はそう言って、「おーほっほっほっ！」と高らかに笑った後——柔らかく微笑んだ。

「それに何より、良き友も見つかりましたしね」

「え？」

キョトンと首を傾げるルナに対し、顔を赤らめたサルコはコホンと咳払いをする。

「な、なんというか、その……。こういうことを面と向かって言うのは、とても恥ずかしいのですが……。ルナ、もしよかったら私とお友達になってくださいませんか？」

「はい、もちろんです」

気持ちのいい即答を受け、サルコの顔が和らぐ。

「ありがとうございます。……実は私、あまりお友達がいませんので、とても嬉しいですわ」

「えっ。サルコさんって、たくさんお友達がいませんでしたっけ？」

ルナの言う通り、サルコの周囲にはいつも、取り巻きのような生徒が複数いた。

「あの方たちは……本当のお友達ではありません。彼女たちはみな、それぞれの家の方針に従って、私の周りにくっついているだけですわ」

「家の方針……？」

ルナにはその言葉の意味がよくわからなかった。

「我がレイトン家は、侯爵の地位をいただく上流貴族。これだけならまぁ、そこまで珍しくもないのですが……。私の父は有名な実業家で、途轍もない商才を持っています。彼はその優れた先見性と稀有な天恵を活用し、莫大な財を成しました。あまり詳しくはありませんが、政府の要人とも太いパイプで繋がっているらしく、当家は侯爵でありながら侯爵以上の特別な力を持っていますの」

「へぇ、凄いお父さんなんですね」

ルナの感想はとても軽かった。

この様子だと、サルコの父がどれだけの力を持っているのか、あまり理解していない。

本人の言葉通り、「凄いお父さんなんだぁ」ぐらいにしか思っていないだろう。

「私の取り巻きはみんな、レイトン家のおこぼれに与ろうとする者たちばかり。だからあそこに『本当の友達』なんか一人もいませんの……」

「サルコさん……」

「でも――ルナは違った。うちの家のことなんか何も見ていない。あなたは真っ直ぐに私を見てくれた。それがとても嬉しかったのです」

現代に転生して日が浅いルナは、レイトン家のことなど、これっぽっちも知らない。

だから彼女は、なんの色眼鏡も掛けず、ただただありのままのサール・コ・レイトンを見ていた。

それがサルコには、たまらなく嬉しかったのだ。

「ルナは本当に不思議な人ですわ。何も着飾らないのに、何故だか目が離せない、不思議な魅力を持っています」

「そういうサルコさんこそ、『自分！』って感じがして、とても魅力的ですよ」

「あら、それはもしかして嫌味ですか？」

「ふふっ、どうでしょう？」

「まぁ、中々言いますわね！」

ルナとサルコが仲睦まじく笑い合っていると、学院長のバダム・ローゼンハイムがのっそのっそと現れた。

たった今、聖女適性試験の合否判定と学生名簿の関連付けが完了したのだ。

「――生徒諸君、まずはキミたちの頑張りに称賛の言葉を送りたい。誰一人として欠けることなく、よくぞ瘴気の森を踏破してくれた。素晴らしい、見事な働きぶりじゃ」

バダムが二度手を打つと、教師陣からたくさんの拍手が送られた。

「それではこれより、試験の総評を述べさせてもらおう。先生たちに今年度の結果を纏めていただいたところ――100組中82組が合格であった。過年度の平均合格率が約50％であることを考えると、これは素晴らしい数字じゃ、飛び抜けて優秀と言えよう。さすがは聖女様が転生なされるという三百年目の世代、天晴というほかあるまい」

合格した生徒たちは、たくさんの称賛と祝福を受け、歓喜の声をあげる。

一方、惜しくも不合格――退学処分となってしまった者たちは、皆一様に悲しそうな顔をしていた。

その中にはもちろん、ルナとサルコの姿もある。

「せっかくこうしてサルコさんとお友達になれたのに……もう、終わっちゃうんですね」

「……ルナと一緒に学園生活を送れないのは、確かにとても残念ですわ。——ただ、これで全てが終わりというわけではありません！　むしろここからがはじまりと言えるでしょう！」

サルコは力強くそう宣言し、ルナの方へ目を向ける。

「早速ですが、明日の御予定は？」

「え？　いや、まぁ……退学になってしまったので、丸一日ぽっかりと空いていますけど」

「それなら是非、うちへいらしてください。おいしい紅茶とケーキを添えて、楽しいお喋りをしましょう。私、ルナのことをもっとたくさん知りたいですわ！」

「……ふふっ、サルコさんは本当に明るくて面白い人ですね。私も、あなたのことをもっとよく知りたくなりました」

インドア派で引きこもりがちなルナとアウトドア派で開放的なサルコ。

両者の性質は文字通り『正反対』なのだが、どういうわけか不思議と馬が合った。

二人が明日のお茶会を計画し始めたそのとき、バダムの深く大きなため息が響く。

「本当に優秀な世代じゃ。しかし……それだけに残念だ。まっこと口惜しくてならぬ」

彼は悲痛な面持ちで頭を振り、重々しい声色で宣言する。

「これより――『ペナルティ』を発表する」

「ぺ、ペナルティ……?」

「えっ、どういうこと……?」

待機中の学生たちがにわかに騒がしくなる中、

「――カレン・アスコート、エレイン・ノスタリオ、立ちなさい」

「「は、はい」」

バダムの指示を受けた両名は、その場でゆっくりと立ち上がる。

なんとか平静を装ってはいるものの、内心では鼓動がドクックッと爆音で鳴り響いていた。

「この二人は、サール・コ・レイトンとルナ・スペディオのペアを故意に死の谷へ突き落とした、よって不合格――退学処分とする」

その瞬間、生徒たちに衝撃が走る。

「死の谷に、突き落とした……!?」

「う、うそ……そんなの殺人じゃない……っ」

「最低……信じられないわ」

大きな動揺が伝播していく中、温厚で優しい顔のバダムが鬼の形相となる。

「貴様等は聖女失格――否、人間失格じゃ！　恥を知れぃ！」

「「……ッ」」

　厳しい叱責を受けたカレンとエレインは、食って掛かるように異議を申し立てた。

「わ、私達(たち)、サールさんとルナさんとはお友達です！　そんなことするわけないじゃないですか……！」

「学院長、それだけのことを仰(おっしゃ)るのですから、当然『確たる証拠』はお持ちなんですよね!?」

　この期に及んで言い逃れしようとする二人に対し、バダムは怒りを通り越して憐(あわれ)みを覚えた。

「はぁ……。ジュラール先生、お願いします」

「承知しました」

　バダムより依頼を受けたジュラールは、とある魔法を発動する。

「――〈獣支配(コントロール・ビースト)〉」

〈獣支配(コントロール・ビースト)〉は自身より魔力量の少ない生物を使役する魔法。

　彼はこれを使って瘴気の森に生息する小動物を操り、その目や耳を通じて、生徒たちの行動をチェック――もしも危険があれば、すぐに聖騎士を手配できるように待機していたのだ。

「ふむ……よくぞ集まってくれた」

　ジュラールの前に、小鳥・リス・梟(ふくろう)・モグラ・蛇などなど、多くの小動物がズラリと整列する。

　彼はその顔を一匹一匹じっくりと見つめ、とある記憶を保持した個体を探す。

「……そう、キミだ」

　ジュラールに声を掛けられた縞模様(しまもよう)のリスは、彼の肩へサササッと登っていった。

「すまないが、キミの記憶を生徒たちへ共有させてもらうぞ――〈記憶共有(シェア・メモリー)〉」

〈記憶共有(シェア・メモリー)〉によって、リスの見聞きした記憶が、この場にいる全員へ共有される。

【――あら、ごめんなさい。あまりにも不細工なシルエットだったから、てっきり魔獣かと思って、間違えて攻撃しちゃったわ】

【『間違えた』だなんて、また見え透いた嘘(うそ)を……。私達が気に入らないのなら、はっきりそう言ったらどうかしら？】

【私ね、あなたみたいな『勘違い女』が――大嫌いなんだ】

【死んじゃえ】

【ばいばーい】

【ルナ……ッ！】

　リスの記憶には、カレンとエレインが起こした事件の一部始終が、これ以上ないほど克明(こくめい)に残されていた。

「し、信じられませんわ……っ」

「聖女様を志す者が、こんな非人道的な行いを……ッ」

がった。

一方、有無を言わせぬ『確たる証拠』を見せ付けられた二人は、それでもなお食い下

嫌悪に満ちた鋭い視線が、カレンとエレインに殺到する。

「……最低……心の底より軽蔑いたしますわ」

「お、お待ちください学院長……！」

「これには深い事情があるのです……！」

とにかく頭をフルに回転させ、この窮地を逃れる言い訳を模索するが——保身めいた屁理屈が通じるほど、バダムは甘くない。

「もはや貴様等とは、一語だに交わす価値もない。——聖騎士の皆様、お願いします」

「「はっ」」

万が一に備えて待機していた聖騎士たちが、カレンとエレインを捕縛せんとする。

「くそっ、放しなさい！　私をアスコート家の人間と知っての行動か!?」

「もう、触らないで……っ。お父様に言いつけますよ!?」

二人は必死に身をよじって抵抗したが……。

「ぐだぐだ、うるせぇ奴等だなぁ」

「心配せずとも、御両親にはこちらから連絡させてもらう」

「づっ」

「痛っ」

聖騎士たちによって、強引に組み伏せられ、後ろ手に錠を嵌められた。

カレンとエレインの捕縛が済んだところで、学院長がゴホンと咳払いをして注目を集める。

「さて、それでは最後に『特別合格者』の発表を行う」

「「「特別合格者……？」」」

生徒たちが不思議そうに小首を傾げる中、バダムはどこか誇らしげな表情で口を開く。

「まずは、サール・コ・レイトン。自らの犠牲を顧みず、友を助けるため、死の谷へ飛び込んだその行動は――まさしく聖女様の行いと言えよう、見事な勇気であった」

彼が二度手を打てば、

「バディのためとはいえ、死の谷へ飛び込むなんて……凄い勇気ですわ！」

「きっと咄嗟に体が動いたのでしょうね。もしも私が同じ立場なら、そのような行動が取れたかどうか……」

「ちょっと悔しいですけれど、これは天晴と言わざるを得ませんね」

生徒たちから、尊敬の眼差しが向けられた。

「そして、ルナ・スペディオ。負傷した友を見捨てることなく、死の谷を素手で登り切ったその胆力――これもまた聖女様の気概と言えよう、素晴らしい根性であった」

バダムが再び手を打てば、

「素手で……登り切った……？」

「えっ、待って……あの断崖絶壁を魔法も使わず、素手で這い上がってきたの!?」

「いやいや、根性あり過ぎでしょ!?」

　生徒たちから畏怖の眼差しが向けられた。

「や、やりましたね、サルコさん！　なんだかよくわかりませんが、特別合格になったみたいですよ！」

「ふふっ、それもこれも全て、ルナのおかげですわ！」

　二人が嬉しそうに微笑む中、バダムが本試験の総括を行う。

「さて、二名ほど不純物が紛れ込んでおったが……今年は実に豊作、まっこと見事な結果であった。諸君らの中に聖女様の転生体がおられることを祈っておるぞ。それでは——これにて今年度の聖女適性試験を終了する」

　閉幕の言葉が結ばれると同時、教師陣から生徒へ向けて、温かい拍手が送られた。

　その一方、

「おいこら、無駄な抵抗はやめて、さっさと歩きやがれ」

「こちらとしても手荒な真似はしたくありません。指示には従ってください」

　聖騎士の詰め所に連行中のカレンとエレインは、

「あいつらのせいだ……ッ。これも全部、あの二人のせいだ……ッ」

「こんなの絶対おかしいよ。どうして私達がこんな目に……っ。本当は全部、あの二人が悪いのに……ッ」

憎悪に満ちた視線をルナとサルコに向けるのだが……。

（そ、そんなに睨まれても、さすがに『因果応報』としか言えませんって……っ）

ルナは呆れかえった様子で、苦笑いを浮かべるのだった。

■

ルナとサルコが聖女適性試験に合格した時から、遡ること三時間弱――。

ジュラールより緊急出動要請を受けた二人の聖騎士が、瘴気の森を駆けていた。

「ったく……死の谷へ落っこっちまうなんてよ。今年の生徒にゃ、どうしようもねーポンコツがいるみてぇだな」

「ジュラール殿の連絡によれば、片方の生徒はあのレイトン侯の御息女だそうだ。彼女に何かあれば……俺たちの首が飛ぶな」

「お、おいおい、俺たちゃなんも関係ねーだろ？」

「レイトン侯が娘を溺愛しているというのは有名な話だ。もしも我らが救出に失敗すれば……どんな火の粉が来るやもわからん。もしかすると、本当の意味で『首が飛ぶ』かもしれんぞ」

「ひぃー、考えたくもねぇ……っ」

そんなことを話している間にも、森の中央部へ到着。

「……ここだ。情報によれば、学生二人はこの辺りで落下したらしい」

「かーっ、相変わらず深ぇなぁ……底がまるで見えねぇ。これ、マジで行くの？　こんなところから落ちたんなら、もう確実に死んでるって」

「もしそうであったとしても、遺体を家族のもとへ届けてやらねばならん。つべこべ言わず、さっさと行くぞ――〈浮遊〉」

「ったく、しょうがねぇな――〈浮遊〉」

ふわりと空中に浮かび上がった二人は、適切な速度で降下を始める。

それからほどなくして、死の谷へ降り立った彼らは――言葉を失った。

「お、おいおい……なんだよこれは……!?」

「どんな風に戦ったら、こうなるんだ……!?」

そこに残っていたのは、見るも無残な魔獣の遺骸。

頭部を欠損した者、胸部に風穴を開けた者、もはや原形がわからない者――そこはまるで地獄のような世界だった。

「こ、こいつはとんでもねぇスプラッタ現場だぜ……っ」

「いったいここで、何があったというんだ……ッ」

二人はそう言って、現場の調査を始める。

「おい見ろよ、三体ともあの『変異種』様だぜ？　こんなもん、剣聖でも勝てるかどうか……」

「ふむ……遺体に魔力の残滓はない。どうやらここにいる魔獣は全員、物理的に殺されたようだな」

「……あ？　なんだそれ、こいつらは全員、『ぶん殴られて死んだ』とでも言うつもりか？」

「そう噛み付いてくるな。私はただ、目の前にある事実を述べているだけだ」

二人の間になんとも言えない沈黙が流れる。

「落っこちた学生たちが、これをやったってのは……さすがにねぇよな？」

「あり得ないな。さっきも言った通り、遺体には魔力の残滓がない。もしも学生がやったとするならば、その生徒は素手でこれを成し遂げたことになる。そんなふざけた芸当は、腕力自慢のコング種――その王たるグレイター・キング・コングでも不可能だ」

「もしかしたら天下の聖女学院様は、とんでもねぇゴリラ女を飼っているかもしれねぇぜ？」

「笑えない冗談だな」

あまりにも不可解な現場を前に、聖騎士二人が難しい顔をしていると――遥か上空から鳥の甲高い鳴き声が聞こえた。

彼らがほとんど同時に顔を上げると、大空から一本の巻物が落ちてきた。

「っと、これは……聖女学院からだな」

「なんと書いてある？」

「えーっ、何々……」

聖騎士の皆様へ
急な出動要請にご対応いただき、まことにありがとうございます。

しかしつい先ほど、死の谷へ落ちた二人の生徒が、無事に崖から生還したことを確認しました。

つきましては一度、試験本部までお戻りいただきたく存じます。

ジュラール・サーペント

「ちっ、なんだよ、無駄足じゃねーか」

「そう言うな、出動手当は出る。それに何より、生徒が無事でよかったじゃないか」

緊急任務から解放された二人は、残された『最大の謎』と向き合う。

「そんで、このおかしな現場は、上にどう報告するんだ？」

「……そう、だな……」

結局、死の谷で発見された欠損の激しい遺骸は、『魔獣同士の共食い』という形で処理されたのだった。

■

聖女適性試験に合格し、聖女学院の学生寮へ戻ったルナ。

彼女は今現在、

「あぁ～、極楽極楽ぅ……」

肩までとっぷりと湯船につかり、今日一日の疲れを洗い流していた。

「スペディオ家のお風呂もよかったけど、ここのも十分いい感じかもー……」

ルナがお風呂の中でとろけていると、浴室の外からローの声が聞こえてくる。

「――ルナ様、お湯加減はいかがですか？」

「もうばっちり、このまま溶けちゃいそう」

「それは何よりです」

彼女はそう言うと、脱衣所から退出した。

「しかし、豊かな時代になったなぁ」

ルナはぬくぬくのお湯につかりながら、文明の利器に感動する。

円筒状（えんとうじょう）の棒に火と水の魔石を詰めた『ウォッシャー』、これに魔力を通せば、棒の先端から温かいお湯が噴き出し、いつでも好きなときに髪や体を洗える。

円状に加工した鉄製の輪に火の魔石を詰めた『ヒーター』、浴槽の底に張られたこれに魔力を通せば、お風呂の温度を自由に上げられ、ポカポカの湯船につかれる。

三百年前、こんな便利なものはなかった。

髪や体を洗うためには、外で水を汲んでくる必要があったし、お風呂を沸かすには薪をくべて、火を焚かねばならない。

「いやぁ、本当に便利な時代になったものですなぁ……」

ルナはしみじみとそんなことを呟きながら、温かいお風呂を満喫するのだった。

しばらくして、湯船からあがったルナは、ふわふわのタオルで体の水気を拭き取り、就寝用のルームウェアに着替えた後、ローに髪を乾かしてもらう。

転生した直後は、「髪ぐらい自分で乾かせるってば！」と言って拒否していたのだが……。「髪のお手入れは侍女の仕事です」とローが頑なに主張を曲げなかったので、仕方なく一度だけ髪をとかしてもらったところ――思いのほかいい気持ちだったので、そのままお願いすることにしたのだ。

ローは柔らかいタオルで、ルナの髪の水分を優しく吸い取り、木の櫛を使って丁寧に整えていく。

「――終わりました」

「いつもありがと」

「いえ、当然のことですから」

そうしてお風呂を済ませたルナは、氷の魔石が入った大きな直方体の箱――『フリッジ』の中から、ガラス瓶のフルーツジュースを取り出す。

「ふーんふふーんふふーん」

上機嫌に鼻歌を奏でながら、瓶のフタを爪でカリカリと外し、キンキン冷えたそれを一気にグィッと飲み干す。

「くぅ〜ッ。やっぱりお風呂上がりの一本は格別だ！」

「わふっ！」

ご機嫌な御主人様の声に反応して、タマも元気よく吠えた。

「よーし、タマ、一緒に遊ぼっか！」

「わんっ！」

おもちゃのボールでタマと遊んだ後は、ローと一緒に夜ごはんを食べる。

ちなみに……料理と後片付けは当番制だ。

ローは「私が全て担当します」と言ったのだが、「共同生活なんだから、家事は協力してやらなきゃ！」とルナが説得したところ、本当に渋々「ルナ様がそう仰るのなら……」と折れたのだ。

そうこうしているうちに時計の針は進み、もう間もなく深夜零時を迎える。

「ふわぁ……おやすみ、ロー」

「おやすみなさいませ、ルナ様」

それぞれのベッドに移動した二人は、ゆっくりと体を休めるのだった。

第三章　社会科見学

聖女適性試験が終わった後、聖女学院は一時的に午前授業のみとなった。

これは学生の体調（コンディション）に配慮した措置であり、およそ一週間にわたって適用されるのが通例だ。

そして今日この日――厳しい試験を乗り越えた生徒たちへ、『社会科見学』という楽しい行事（ごほうび）が齎（もたら）される。

行先は、王都の郊外に位置する、エルギア王立博物館。

歴史的な遺物・文化的な工芸品・著名な画家による美術品などなど、希少な価値を持つ品々が展示されるここは、エルギア王国でも有数の観光スポットだ。

この博物館には、世界中の人々を引き付けてやまない、超特大の『目玉』がある。

その展示物の名称は『聖遺物』、伝説の聖女パーティが遺（のこ）した、人類史に残る究極の宝だ。

そして現在、博物館前に集合した聖女学院の生徒たちは、正面玄関横の一般来場者の迷惑にならない位置で、班ごとに分かれて集合していた。

「ふふっ、楽しみだね、博物館巡り！」

胸を高鳴らせたルナがそう言うと、両隣のローとサルコが柔らかく微笑（ほほえ）む。

「そうだねー。ルナは興奮し過ぎて、昨日全然寝付けなかったもんねー」

「あら、ルナはまだまだお子様ですわね」

「ちょ、ちょっとローー、それは秘密って言ったでしょ!? サルコさんも笑わないでください！」

ルナは慣れ親しんだ侍女のローと新しい友達のサルコと一緒に班を組んだ。

ちなみにローが敬語を使っていないのは、サルコがすぐ近くにいるためである。

ルナ・ロー・サルコの三人が、雑談に花を咲かせていると……聖なる十字架を握り締めた一団が、博物館の正門前に集結し始めた。

「――さぁみな、今日もまた聖女様に祈りを捧げるのだ！」

指導者らしき男がそう言うと同時、その場に集う人たちが全員、張り裂けんばかりの大声をあげる。

「「聖女様……ッ！　聖女様……ッ！　聖女様……ッ！」」

彼らは途轍もない熱量で、ただひたすらに『聖女様』と叫び続けた。

なんとも熱狂的な集団である。

「ね、ねぇ、あの人たち、いったい何をしてるの……？」

ドン引きしたルナの問いに答えたのは、王都周辺の事情に詳しいサルコだ。

「あぁ……あれは聖女教ですわ」

「聖女教？」

「およそ三百年前に結成されたという、聖女様を信奉する狂信者の集まりです。毎日ああやって決められた時刻に、聖女様へ祈りを捧げておりますの」

「あ、あの熱量を毎日ですか!?」

「えぇ。……あまり大きな声では言えませんけど、聖女教には関わらない方がいいですわ。彼らの強引な布教は、尋常じゃありませんもの」

「な、なるほど、わかりました（聖女教、思想が強めの危険な集団ですね……）」

ルナは聖女教への警戒を強めた。

そうこうしているうちに、生徒の出席状況を確認し終えた引率のジュラールが、コホンと咳払いをして注目を集める。

「生徒諸君、本日はこれより課外授業として社会科見学を行う。エルギア王立博物館は、我が国の民はもちろんのこと、帝国・神国・霊国など周辺諸国からの観光客も多い。エルギア王国の品位を落とさぬよう、厳に慎みを持って見学するように――よろしいな？」

「「「はい」」」

「それではこれより二時間の自由行動とする――解散」

ジュラールがパンと手を打ち鳴らすと同時、生徒たちはみな博物館の入場ゲートへ向かう。

「ロー、サルコさん、私達も行きましょう！」

「あ、ちょっ、引っ張り過ぎだってば」

「ふふっ、元気がよろしいですわね」

ルナはローとサルコの手を取り、博物館の中に入っていった。

「おぉー……。あんまりよくわからないけど、価値のありそうなものがいっぱいだ」

キョロキョロと周囲を見回したルナは、最初の展示品のもとへ足を向ける。

「うわぁ、綺麗(きれい)な絵だなぁ……」

壁に掛けられた美しい風景画を見上げていると、横合いからサルコが解説を加える。

「そちらはエルギア王国第五代国王ダフード・ロウ・エルギアが、お描きになられた風景画『ラウネス湖のほとりにて』。病床に伏したダフード王が、若き日に王妃とお出掛けになられたラウネス湖を思い起こしながら、かろうじて動く人差し指一本で描いた傑作ですわ。光り輝く美しい湖面・青々と茂る草原・雲一つない青空、荒々しくも繊細なタッチが見る人の心を揺さぶりますの」

彼女は澱(よど)みなく、すらすらと展示品の説明をした。

「ほへぇ……サルコさん、こういうの詳しいんですか？」

「もしかして、割とここ、リピッてる感じ？」

ルナとローの問いに対し、サルコはコクリと頷(うなず)いた。

「えぇ。小さい頃はよくお父様にせがんで、何度もこの博物館に連れて来てもらいましたから、ほぼ全ての展示物について知っておりますわ」

「それは凄(すご)いですね！」

「じゃあさ、さっきの紹介的なアレ、もっとお願いできる感じ？」

「もちろん、朝飯前です」

サルコはそう言うと、ちょうど近くにあった、展示物に目を向ける。

「こちらは、かつて大魔王が羽織っていたとされる漆黒のローブです。このローブにはまだ大魔王の魔力が残っているため、何重もの強力な封印魔法を施したうえで、このように飾られておりますの」

「おぉー、懐かしいですね（そう言えば大魔王、こんなの着ていたなぁ）」

ルナがなんの気なしに感想を述べると同時、

「『懐かしい？』」

ローとサルコの声が完璧に重なった。

「えっ、あっ、いや……」

自分が途轍もない大失言をしたことに気付いたルナは、その優れた聖女脳をフルに活用し、この窮地を逃れる策を考える。

その結果、

「な、懐かしいなー！　昔、こういう黒のローブ流行ったよね？　ね!?」

特に名案は思い浮かばず、強引な正面突破を試みた。

「えー、こんなダサいの流行ったっけ？」

「私の周りでは、そのようなことはなかったかと」

「そ、そう……？　あれぇ、おかしいなー、私の記憶違いかなぁ？」

見るからに挙動不審なルナを見た二人は、

「まっ、ルナが変なのはいつものことだしね」

「えぇ、そうですわね」

特に違和感を持つことなく、次の展示品へ向かっていく。

無事に窮地を脱したルナだが……。

(待って、私って……そんなに変、なの……？)

彼女の胸中は、かなり複雑だった。

その後、いろいろな展示物を見て回っていく中、とある大きなホールにたくさんの人だかりを見つけた。

「あそこ、凄い人だね。みんな、何を見ているんだろ？」

「んー？　あー、聖遺物っぽいね」

「ここの目玉の一つですわね、行ってみましょう」

三人が真っ直ぐ進むとそこには——大きなガラスケースが三つ並べられており、その中に聖遺物と見られる品々が飾られてあった。

博物館の目玉ということもあってか、周囲には警備員が立ち並び、鋭く目を光らせている。

また展示品の近くに設置されたパネルには、聖遺物の詳細が事細かに記されており、ガイドスタッフと見られる女性がその解説を行っていた。

「こちらは伝説の聖女パーティの一員、大剣士ゼル様がお使いになったと言われる短刀。彼はこの短刀を用いて、幾多の魔族を斬り捨てた、と言われております」

流暢な説明を聞きながら、ルナは心の中で感嘆の声を漏らす。

(使ってた使ってた！　よくあれでお野菜切ったり、お肉捌いたりしてた！　ふふっ……ゼルの料理、懐かしいなぁ)

短刀は魔族を斬るためではなく、調理用のものだった。

古い伝承というのは、正確に伝わっていないことも多いらしい。

その他にも大魔法士シャシャのブランケットや大僧侶フィオーナの帽子などなど、様々な聖遺物が展示されていた。

それらを目にしたルナは、三百年前の思い出に浸る。

(伝説の聖女パーティ、か……。みんな、さすがにもう死んじゃっているよね)

大魔王を討つために世界中から集められた最強の四人、それが聖女パーティだ。

みんなそれぞれが強過ぎる力を持ってしまったがゆえ、様々な苦労を経験してきた、心に傷がある者たちの集まり。

とても癖の強いパーティだったけれど、活動した期間はほんの僅かだったけれど――それでも彼らと一緒に過ごした時間は、ルナが嘘偽りなく「楽しかった」と言える貴重なものだ。

剣士ゼル・魔法士シャシャ・僧侶フィオーナ、かつての仲間たちの遺品を眺めつつ、ガイドスタッフの説明を聞いていたルナは、とある奇妙なことに気が付いた。

（……ない）

ゼル・シャシャ・フィオーナ、みんなの名前はパネルに書かれているのに、『聖女様』という文言はたくさん出て来るのに、自分の名前がどこにもない。

いっそ不自然なほど、『ルナ』という固有名詞が消されているのだ。

（うーん……なんでだろう？）

不審に思ったルナは、ローとサルコに聞いてみる。

「そう言えば、聖女様の名前はなんていうんですか？」

答えを返したのは、サルコだった。

「残念ながら、誰にもわかりません」

「えっ、どういうこと？」

「聖女様のお名前や御功績はほぼ全て、消されてしまったのです。人類史に残る汚点……あのおぞましき『聖滅運動』によって……っ」

「せいめつうんどう……？」

初めて聞く言葉に、ルナが小首を傾げていると、サルコが丁寧に説明してくれた。

「聖滅運動は、聖女様が処刑された後に起こった、最低最悪の大事件。聖女様に全ての責任を押し付けた愚かな人類は、彼女の全てを『悪』と断じ、彼女がこの世界に生きた一切の痕跡を消すべく、彼女の旧家や所縁のあった場所を攻撃――歴史の闇に葬り去ったのです」

「そ、そんなことが……」

「それよりもルナ……あなたそんなことも知らないで、よく筆記試験を通りましたわね。聖女様の処刑とその後に続く聖滅運動は、幼稚舎の学習範囲ですわよ？」

「うぇ!?　そ、それはその……っ」

ルナがなんて説明したらいいのか困っていると、横合いから助け舟が出される。

「実はこの子さ。少し前に馬車に轢かれちゃって、頭がちょっとおかしくなっちゃってんだよね」

「まぁ、そうだったのですか。言われてみれば……大魔王のローブを見たときも変なことを言っておりましたし、日常でもたまに『ん？』と思う発言がありますわね」

「多分もうちょっちしたら、落ち着いてくると思うから、優しい目で見てあげて」

「ええ、わかりましたわ」

そうして主を窮地から救い出したローは、こっそりとルナに向けて親指を立て、片目でパチンとウインクを送る。

（ルナ様、フォローしておきましたよ）

（もう、ローのバカ……！）

伝説の聖女パーティの聖遺物を見終えた三人はその後、館内に併設された売店に足を運んだ。

「あっ、これ可愛い！」

ルナはそう言って、子豚の小さなクッションを手に取る。

「え、えー……不細工じゃない？」

「これは……アリですわね！」

「でしょでしょ！」

「マジぃ？」

そうして買い物を楽しむ三人は、どこにでもいる普通の少女のようだった。

最近、ルナはよく笑う。

彼女の過去を知らぬ者が見れば、「普通の生活を送っているだけなのに、どうしてあんなに楽しそうなんだろう？」と疑問に思うかもしれない。

しかし、長年にわたって聖女という重荷を背負わされ、ひたすら最前線で戦い続けてきたルナにとっては、この平和で普通な毎日がたまらなく楽しかった。

友達と学校に行って授業を受け、休み時間に他愛もない話で盛り上がり、たまの休日に遊びに出かける。

そんなどこにでもある日常の一ページが、どうしようもなく幸せだった。

その後、軽い買い物を終えた三人は、博物館巡りを再開させ——ついに最後の展示物のところへ向かう。

それはエルギア王国の『国宝』であり、世界中で最も有名な書物の一つ。

聖女の予言書、通称『赤の書』だ。

ここにいる観光客はみな、聖女の予言書を一目見んとして、この博物館へ足を運んでいるのだ。

「あちらに展示されているのが、聖女様がお残しになられた『七つの予言書』の一つ——『赤の書』ですわ」

サルコの指さす先には、とんでもない人だかりができていた。

(聖女の予言書、なんかちょくちょく耳に挟む言葉だなぁ……)

当の本人であるルナには、そのようなものを書き残した覚えはない。

「聖女様の予言書は、国宝の中の国宝。当然ながら、ここに展示されているものは複製（レプリカ）。原典（オリジナル）は、王国の最深部にて厳重に保管され、今なお解読が進められておりますわ」

「王国の最重要機密扱いなんだよねー。一般公開されている複製は、解読が済んだ原典のほんの一部だとか？」

「へぇ、そうなんですか」

サルコとローの話を聞きながら、赤の書の待機列に並ぶ。

赤の書はあまりにも観覧希望者が多いため、専用ホールに置かれており、ここへ入るには列に並んで順番を待たなくてはならない。

十分ごとに百人ほどのグループがホールに入り、赤の書を見ながら、ガイドスタッフの解説を聞く——この流れが日に何度も繰り返されるのだ。

待機列に並んだルナ・ロー・サルコが、雑談を交わしながら待つことしばし、ようやく彼女たちに順番が回って来た。

「——次のグループの方、どうぞこちらへ」

ガイドスタッフの声を受け、ルナたちの属するグループが一斉に動き出す。

赤の書は大きな専用ホールのど真ん中、三重のガラスケースに収められていた。

それは『本』というより『紙』、バラバラにされたページが合計十八枚、上下二列になって綺麗に並べられている。

原典はちゃんと本の形になっているのだが、こちらは複製品のため、わざとページを切り離して置き、観覧客が見やすいように工夫されているのだ。

「おぉ、これがあの有名な赤の書か……！」

「聖女様がお残しになられた、人類の希望の書……！」

「あぁ、夢が叶いましたわ……っ。死ぬまでに一度だけでも、この眼で見たかったのです……！」

他の観覧客が大いに盛り上がる中、

「……う、そ……っ」

ルナはただ一人、呆然と立ち尽くす。

驚愕に震えた。

我が目を疑った。

言葉も出なかった。

それもそのはず……。

（わ、私の黒歴史が……世界中に晒されている……!?）

展示されていたのは、三百年前にルナが書いた私小説。

主人公である聖女が、白馬の王子様に溺愛されるという、甘酸っぱくてちょっぴりエッチな恋の物語が綴られている。

展示された赤の書には、専用のガイドスタッフが付いており、よく通るいい声で解説を始める。

「まずは赤の書の5ページ三行目をご覧ください。『あぁいけません、殿下……っ』。これは宮中におられる聖女様が、第三皇子バース・センチュリーに言い寄られるシーンです。第三皇子は『三』、センチュリーは『百年』、バースは『復活』を意味します。これらを繋ぎ合わせれば、『三百年後に聖女様が復活する』という予言になるのです。さらに注目すべきは、8ページ十二行目の――」

（お願いだから、もうやめてぇ……っ）

耳まで真っ赤に染めたルナは、両手で顔を覆い隠した。

彼女のライフは、もうとっくの昔にゼロなのだが……。

ガイドスタッフはそんなことなどお構いなしに、活き活きと無慈悲な解説を続ける。

途轍もないオーバーキル状態だ。

（こ、こんなえげつないこと、普通できるものじゃない……っ。やっぱり人類は邪悪の結晶だ。こんな業の深い生き物、救えるわけがない……ッ）

ルナはかつての自分の判断が、人類を見限ったことが正しかったのだと強く再認識する。

（たとえどんな手を使っても、この黒歴史だけは絶対に屠らなければ……っ）

人道にもとる辱めを受けたルナは、うっすらと涙目になりながらプルプルと震える。

（……今すぐにでも、あの黒歴史をビリビリに破り捨てたい……っ）

強烈な破壊衝動に駆られた彼女だが、ギリギリのところで踏み止まる。

脳裏をよぎるのは、サルコのあの言葉――。

【ここに展示されているものは複製。原典は、王国の最深部にて厳重に保管され、今なお解読が進められておりますわ】

今ここで赤の書を破り捨てたとて、なんの意味もない。

全ての元凶である原典を――『ルナの手書きの私小説』をなんとかしない限り、複製品はいくらでも無限に作られてしまう。

自身の黒歴史を消すためには、原典の保管場所を特定し、大元を叩く必要がある。

（……これは完全にライン越えのいじめだ。人類許すまじ、もはや慈悲はない……っ）

ルナがグッと拳を握り締めたそのとき――凄まじい轟音が響き、博物館全体が大きく揺れる。

「わっ⁉」

「ルナ様！」

「い、いったいなんですの⁉」

ルナたちを含めた来館客に動揺が広がる中、慌ただしい足音がドタドタドタと近付いてきた。

「――緊急連絡！　この一帯は現在、敵性魔族の攻撃を受けています！」

「これより我ら聖騎士部隊が、避難誘導を行います！」

「みなさまは慌てず落ち着いて、我々の後に続いてください！」

その後ルナたちは、聖騎士たちの指示に従い、非常用通路を通って出口へ向かう。

博物館を出るとそこには――変わり果てた街が広がっていた。

（……酷（ひど）い……）

綺麗だった街並みからは火の手が上がり、舗装された道は捲（めく）れ、あちこちから悲鳴が聞こえる。

そんな街の上空――翼の生えた魔族らしき女性が、邪悪な笑みを浮かべていた。

「俺は『聖女の代行者』ワイズ・バーダーホルン！　愚かな人類に聖女様のメッセージを伝えに来た！」

ワイズ・バーダーホルン、外見上の年齢は20代前半。

身長は170センチ、ほっそりとした体型、アイボリーの長髪をポニーテールに纏（まと）めている。

背中には漆黒の薄羽が生え、両の掌には漆黒の目玉がぎょろぎょろと不気味に動く。上にはズタズタの黒衣を羽織り、下にはぴっちりとした黒いズボンを穿いていた。

「ふ、ふざけるな！　何が『聖女の代行者』だ……！」

「貴様のような魔族風情が、聖女様の名を騙るでないわ！」

「今すぐ、この国から出て行け……！」

この街に住む国民たちから、非難の声が次々にあがった。

「おやまぁ、これはまた元気な烏合だこと……。そんな糞みてぇな戯言は、こいつを見てから言うんだな――銀華！」

ワイズが地表に右手をかざした次の瞬間、白銀の閃光が解き放たれ、市街地の一部が吹き飛んだ。

「「「き、きゃあああああああ……!?」」」

轟音と悲鳴が響きわたり、人々は顔を青く染める。

魔法の絶大な威力に怯えた――のではない。

今の魔法には、街を破壊する以上の『特別な意味』があった。

「そ、そんな……あれはまさか……っ」

「聖女様の魔法……銀華!?」

銀華は聖女が使っていたとされる魔法であり、悪名高き聖滅運動によって、その使用法および習得法が失われてしまったものだ。

現代で銀華を使用できるのは、聖女もしくは聖女に近しい極一部の限られた者のみ——この事実は、民衆の心を大きく揺さぶった。

一方のワイズは、満足気に口角を吊り上げる。

「ふふっ、だから言っただろう？　俺は聖女の代行者なんだ！　この銀華って魔法は、成仏することもできずに苦しむ、彼女の死霊に教わったんだ、よォ！」

彼女が右手を大きく薙げば、広範囲に銀の閃光が放たれ——その軌跡をなぞるように爆炎が上がり、人々の悲鳴が響き渡る。

「おいおい、そんな悲しそうに鳴くな。大好きな聖女様の魔法で死ねるんだぜぇ？　もっと喜んでくれよぉ！」

底意地の悪い笑みを浮かべたワイズは、まるで見せ付けるかのように銀華を使い、次々に街を破壊していく。

そんな中——若き聖騎士が空を駆け抜けた。

「——水明流・霞断ち！」

解き放たれた青い斬撃は、正確にワイズの首筋へ滑り込む。

しかし、

「っと、危ない危ない」

彼女は背中の薄羽をはためかせ、器用に空中で回避——そして眉をひそめた。

「んー……そこそこできるみたいだけど、手配書には載ってねぇな。お前、誰だ？」

〈浮遊〉で空に浮かぶ聖騎士は、小さく鼻を鳴らし、退魔剣ローグレアを中段に構える。

「ふんっ、薄汚い魔族に名乗るとでも思ったか？」

男の名前はレイオス・ラインハルト。

彼の率いる第三聖騎士小隊は、偶然この周辺を巡回しており、その際に邪悪な魔力反応を感知――すぐさま現場へ駆け付けたところ、聖女の代行者を名乗る罰当たり者を発見したのだ。

「どこから入り込んだのかは知らんが……。貴様はここで斬る！」

彼が臨戦態勢に入ると同時、地上から「待った」の声が掛かった。

「あ、あかんて、レイオス！　いくらなんでも、それは無茶や！　学生の身分で魔族を討とうなんて……そんなアホな話あるかい！」

「レイオス小隊長、今回ばかりは危険過ぎます。お父上の――剣聖の到着を待ちましょう！」

「せめて中央からの増援が来るまでは、待機するべきかと……！」

小隊のメンバーが必死にストップを掛けるが、レイオスは首を横へ振る。

「父上は今、北方の最前線で戦っておられる！　王都からの増援も、まだかなりの時間を要する！　呑気に彼らの到着を待てば、その間に何人の民が犠牲になる！」

エルギア王国は、剣聖に代表される『主力』を王都の守護および国境警備に充てている。

そのため王都郊外に位置するこの街には、必要最低限の聖騎士しか配備されておらず、彼らは救助活動と避難誘導で手一杯。

つまり現状、ワイズの相手をできるのは、レイオスの率いる第三小隊だけだった。

「くっそぉ……ボクまだ、こんなところで死にとうないのに……っ」

副隊長を任されている茶髪の軽薄な男は、泣き言を述べながら剣を抜き――それを見た他の隊士たちも、それぞれが戦う覚悟を決める。

「「「――〈浮遊(フロート)〉！」」」

第三小隊の面々は、空中に浮かび上がり、戦闘態勢を整えた。

一方、その様子を静かに見ていたワイズは、パチパチと拍手をする。

「ひゅー、かっこいいなぁ！『何人の民が犠牲になる！』だってぇ……！」

嘲笑を浮かべた彼女は、挑発的な言動でレイオスを煽(あお)るが……。

彼は冷静にそれを受け流し、小隊のメンバーに指示を出す。

「敵は魔族、どんな力を隠し持っているかわからん。妙な攻撃をされる前に、立体包囲陣で一気に仕留めるぞ！」

「「「はっ！」」」

聖騎士たちは大きく散開し、ワイズを取り囲むようにポジションを取った。

「おいおい、こりゃなんのつもりだぁ？　剣を握ったデカい男どもが、たった一人の女を取り囲んでよぉ？……あぁ、そうか。あのときの聖女様は、きっとこんな気持ちだったんだろうなぁ」

「「「……っ」」」

その言葉は、レイオスたちのトラウマを深く抉った。

「あれから三百年も経ったのに、人間は何も変わっていない。お前らどうせあれだろ？　聖女様が転生しても、また同じことを繰り返すんだろ？　ボロ雑巾のように使い倒した挙句、全ての責任を押し付けて焼き殺す。──人間と魔族、本当の悪魔はどっちだろうなぁ？」

ワイズのねっとりとした精神攻撃。

悪意の煮凝りであるそれは、人類が最も触れられたくない禁忌を容赦なく抉る。

それに耐えかねた一人の聖騎士が、無謀にも単騎で斬り掛かった。

「この糞野郎が……こっちの気も知らねぇで、好き勝手言うんじゃねぇッ！」

「待て、奴の挑発に乗るな！」

レイオスの制止も虚しく──ワイズの魔手が、聖騎士の腹部を貫く。

「が、は……っ」

「はい、一丁あがりぃ～」

彼女が軽く手を振るうと、聖騎士はまるで人形のようにだらりと落ちていった。

「おー、怖い怖い。ちょっと図星を突かれたら、すぅぐ暴力に訴えるんだもん」

ニヤニヤといやらしい笑みを浮かべたワイズは、手に付着した血をペロリと舐める。

「「「く……っ」」」

聖騎士たちは感情を表に出さないよう努めているが……。

（くそ、くそぅ……）

（俺たちは、俺たちの祖先は、なんて罪深いことを……っ）

（聖女様、うぅ……聖女様……ッ）

執拗な精神攻撃を受けて、大きく乱されてしまっていた。

（このままではマズい、完全に奴のペースだ……っ）

そう判断したレイオスは、

「くだらない戯言に耳を貸すな！　奴は聖女様の代行者でもなんでもない！　口が立つだけのペテン師だ！　我らは聖女様の矛であり盾！　何も考えることなく、目の前の魔族を討ち滅ぼせ！」

隊員たちに檄を飛ばし、勝負を急いだ。

「――立体包囲陣、行くぞ！」

「「「はっ！」」」

レイオスたちは一斉に飛び掛かり、全方位からワイズに斬り掛かる。

だが――。

「ははっ、遅い遅い！」

彼女は迫り来る剣閃を最小限の動きで回避し、すれ違いざまに鋭い打撃を叩き込んでいった。

「ぐ、ぉ……っ」

「くそ、が……ッ」

「畜、生……っ」

一人また一人と聖騎士たちが撃墜されていく。

「ははっ！　どうしたどうした、こんなもんかぁ!?」

ワイズは単純に強かった。

魔法はもちろんのこと、体術や膂力においても、レイオスたちを大きく上回っている。

それもそのはず、人間と魔族では基本的な『スペック』が違うのだ。

次々に倒れ伏す聖騎士、それを見た国民たちは膝を突き、必死に祈りを捧げる。

「聖女様、どうかお願いです……っ」

「今一度、我らをお救いください……ッ」

「どうか、人類に救済を……っ」

人々は手を合わせ、聖女に救済を求めた。

しかし、今更もう遅い。

聖女は死んだ、否、彼らがその手で殺してしまったのだ。

人々が無意味な祈りを捧げる中――レイオスが大声を張り上げる。

「――祈るのではない！　自らの価値を示せ！」

彼はワイズに苛烈な連撃を仕掛けながら、魂の雄叫びを吐き散らす。

「聖女様がお救いになるのは、藻掻き苦しみ、それでもなお生を求める者だけだ！　祈っているだけでは何も変わらない、何も変えられない！　我らが救済に値する存在だと示さねば、聖女様はお戻りになられない……ッ！」

レイオスのラインハルト家は、三百年以上も前から続く、由緒正しき名家だ。

その開祖である初代ラインハルトは、聖女の処刑に強く反対した。

持てる全ての力を使い、王侯貴族に直訴した。

【あなた方は間違っている！　聖女様はこれまで、いくつもの奇跡を起こし、我々を導いてくださった！　この時代に戦争が蔓延っているのは、愚かな人類の悪政が招いた結果であり、聖女様の責めに帰するところは何もない！　それなのに……全ての責を彼女に押し付ける？　ふざけるのも大概にしていただきたい！】

初代の話は正しかった。反論の隙も無い、完璧な主張だった。

しかし、人心の腐敗したあの時代で、正しいかどうかなんてどうでもよかった。

人々は『捌け口』を求めていた。

戦禍によって引き起こされた飢饉・疾病・貧困――閉鎖的で鬱屈とした世界に充満する、行き場のない負の感情。

澱のように溜まったそのドロドロをぶちまけられる、わかりやすい『悪者』が必要だったのだ。

王侯貴族はその役目を聖女に求め、彼女のありもしない悪評を各地に流した。

それはたちまち世界中へ広がり、膨れ上がった世論はやがて暴走した正義となり――聖女を死に追いやった。

聖女処刑後、初代ラインハルトは地下牢獄に幽閉。

彼はそこで手記を書き残し、それは現代までラインハルト家の嫡子に引き継がれている。

レイオスは十歳の誕生日を迎えたその日、当主である父より、初代の手記を渡された。

そこには処刑当日の様子が、生々しく綴られており……続くページには、愚かな人類への憎悪・聖女様への謝罪・無力な自分への罵倒、その後はただひたすらに後悔と贖罪の言葉が並ぶ。

（処刑される直前、聖女様は何も言い残されなかった。彼女は人類の救いようのなさに呆れ果ててしまった。聖女様は死んだ、俺たちがこの手で殺してしまったんだ……っ）

レイオスの剣を握る手に、自然と力が籠る。

（聖女様は人類に絶望した。救いようがないと思われた、もはや救う価値すらないと思われた。――なればこそ、今、見せねばならぬ、示さねばならぬ！　人間の力を！　人類の進歩を！　人が変わったということを！　それこそが原罪を償う、ただ一つの方法だ……！）

レイオスの激情に呼応して、退魔剣ローグレアに大きな光が宿る。

「――水明流・霧斬り！」

「ぐ……ッ」

ワイズの肌に太刀傷が走り、一筋の鮮血が流れ落ちる。

この戦闘中、初めて彼女に通ったダメージだ。

「わ、ワイズを斬ったぞ！」

「さすがはレイオスさんだ！」

「勝てる、勝てるぞ……！」

聖騎士たちの士気が一気に跳ね上がる。

「ちょこまかちょこまかと、鬱陶しい野郎だなァ（確かにスピードはあるが……所詮は人間、本体は脆い。一発でも銀華を当てれば、それで終わりだ……！）」

「ふっ、そういう貴様は鈍重だな（敵は典型的な重火力タイプ、機動力はこちらが上だ。両の掌の黒い目玉――銀華の発射口にさえ注意を払えば、攻撃の軌道は読みやすい。十分、押し通る……！）」

両者はその後、お互いの『強み』を押し付け合った。

「ハァアアアアアアア……！」

レイオスはひたすらに距離を詰め、スピードを活かした接近戦を仕掛ける。

「とっととくたばりやがれぇ……！」

ワイズはダメージ覚悟で攻撃を放ち、大火力を前面に押し出した一撃必殺を狙う。

拮抗した戦いの天秤は――徐々にレイオスの側へ傾いていった。

（このカス野郎、どんどん速くなっていやがる……ッ）

両者に差を付けたのは、退魔剣ローグレアの存在だ。

ラインハルト家に代々伝わるこの一振りは、清き心に恵み（バフ）を与え、悪（あ）しき心に罰（デバフ）を科す。

「く、そ……うざってぇなぁおぃ……！」

ワイズは遮二無二両手を振り回し、四方八方へ銀華（ぎんか）を撒（ま）き散らす。

「ぐ……っ」

レイオスはたまらずバックステップを踏み、無作為に飛び散る銀閃（ぎんせん）から逃れた。

両者の間に距離が生まれたところで、ワイズの体がふわりと浮かび、大空高く飛び上がる。

「貴様、逃げるつもりか!?」

「バァカ、こいつはポジション取りだ」

彼女はそう言うと、右手をスッと頭上に掲げた。

「――銀華（ぎんか）」

しかし、銀の閃光（せんこう）は発射されない。

まるで掌に水を溜めるが如（ごと）く、ワイズの右手に銀の光が集まっていく。

「愚か者め、その技なら既に見切った（手掌（しゅしょう）で操る魔法ゆえ、動きは単調で読みやすい。どれだけ威力を高めようとも、当たらなければどうということはない！）」

「はっ、浅いねぇ。当たらないかどうかは、『打つ方向』によるだろぅ？」

「なんだと？」

レイオスが眉をひそめると同時、ワイズは光る右手を下方に向けた。

「お前の真下には今、大勢の人間が馬鹿みてぇに祈っている。こいつを避けたら、大勢の民草が死ぬだろうなぁ……！」

「貴様……卑怯だぞ！」

「おいおい、卑怯なのはお前たちだろう？　寄って集って聖女様を悪者に仕立て上げ、火炙りにして焼き殺した、悪魔共がよぉッ！」

「……っ」

ワイズの口撃を受け、レイオスは下唇を噛む。

そうこうしている間にも、右手に集められた魔力は、どんどん膨れ上がっていく。

「さぁさぁ、心の優しい聖騎士様は、いったいこいつをどう捌くんだろう、なァ！」

解き放たれたのは、視界を埋め尽くさんとする、極大の銀閃。

ワイズの放った銀華は、文字通り、規格外の威力を誇っていた。

「お、終わった……」

「こんな大魔法、どうすることもできねぇよ……っ」

「聖女様、どうか我らに救済を……ッ」

誰も彼もが絶望の底に沈む中、

「魔族風情が……人間を舐めるなよ？」

この場でただ一人、レイオスだけは諦めていなかった。

彼はここで、切り札を投じる。

「天恵(ギフト)起動――【限界突破(リミットバースト)】ッ！」

刹那、レイオスの魔力が一気に膨れ上がった。

天恵(ギフト)【限界突破(リミットバースト)】。一分という極々限られた時間、自身の限界を超えた莫大(ばくだい)な力を手にする。

但し、天恵(ギフト)の効果が切れた直後は、反動でほとんど動けなくなってしまう。

これを使用する際は、必ず一分以内に相手を仕留めなければならない。

「――水明(すいめい)流・瀑剣(ばっけん)ッ！」

退魔剣ローグレアが煌(きらめ)き、迫り来る銀華(ぎんか)を両断した。

これにはさすがのワイズも、目を丸くして感嘆の息を吐く。

「へぇ……こいつは驚いた。お前、天恵(ギフト)持ちだったのか（魔力の総量がデタラメに上がった。単純な強化系の天恵(ギフト)……にしては、振り幅がデカ過ぎる。『条件付きの超強化』ってところかぁ？）」

「さぁ、それはどうだろう、なッ！」

ゼロコンマ一秒さえ惜しいレイオスは、〈浮遊(フロート)〉の出力を最大まで引き上げ、ワイズのもとへ肉薄する。

「ハァッ！」

退魔剣がいくつもの弧を描き、

「ぐ……っ」

　ワイズの肉体に鈍い痛みが走った。

　彼女は今、レイオスの超高速移動に付いていくことができず、完全に防戦一方を強いられている。

（くそったれ……この俺がなんてザマだ……ッ）

　銀華に使っていた魔力を皮膚の硬化に回し、なんとかギリギリのところで凌いでいるが……これもいつまで持つかわからない。

「ハァアアアアアアア……！」

　眼球は血走り、筋肉は断ち切れ、凄まじい痛みが全身を苛む中――レイオスはひたすらに剣を振るい、敵の硬質な皮膚を削り取っていく。

「こ、の……離れやがれぇッ！」

　ワイズはたまらず両手を無茶苦茶に振り回し、先ほどと同じように拡散性の銀華を放つ。

　しかし――レイオスは止まらない。

「水明流・渦割りッ！」

　手足を銀華で焼かれながら、さらに苛烈な攻撃を仕掛けて来た。

（こいつ、イカレてんのか!?）

　ワイズの心に湧いた、ほんの僅かな恐れ。

　恐怖で錆びた頭が『防御』と『回避』の二択に迷いを――致命的な遅れを生む。

「――水明流・双昇閃ッ！」

煌く二本の斬撃が空を駆け、泣き別れたワイズの両腕が宙を舞う。

「こ、の……クソガキが……ッ」

眼前に広がるのは、がら空きの正中線、千載一遇の好機。

(銀華の射出口は、両腕の目玉は潰した！　反撃はない！)

ここが勝負どころと判断したレイオスは、ありったけの魔力を退魔剣に注ぎ込む。

「これで終わりだッ！　水明流奥義――」

とどめの一撃を放とうとしたそのとき――悪意の華が咲いた。

「――残念でしたぁ！」

ワイズが大口を開けるとそこには、銀華の発射口である漆黒の目玉。

「なっ!?　(隠し玉ッ。回避、無理だ……天恵も、じきに切れる。この一撃で仕留めるしか……ッ)」

敵の攻撃よりも早く、自身の必殺を叩き込む。

両の腕に力を込め、渾身の斬撃を振ったその瞬間、

「無駄な努力、ご苦労様ぁ！」

ワイズの顔が醜悪に歪み、世界が真白に染まる。

「が、は……ッ」

超高火力の銀華をモロに受けたレイオスは、遥か後方の時計塔に背中を打ち付け、その

まま外壁に埋もれた。

「ふぅ……無駄に疲れちった。天恵【限界突破】、極々短い時間に限り、本体のスペックを大きく超えた力を与えるって感じかぁ？　こんな雑魚助でも、そこそこの強さになるんだから、やっぱり天恵の力は恐ろしいねぇ」

　ワイズはそう言って、回復魔法を発動――失った両腕を瞬時に生やし、体力も一気に全快となる。

（こいつ、回復魔法まで使えたのか……っ）

　レイオスは絶望に沈んだ。

　自分が命懸けで与えたダメージが、一瞬にして回復されてしまったのだから、それも無理のない話だろう。

（この化物め、何枚の手札を持っていやがる……ッ）

　口腔内の目玉に回復魔法――もしかしたら、他にもまだ『奥の手』を隠しているかもしれない。

　レイオスとワイズの間には、天恵を使用しても埋めきれない、あまりにも大きな力の差があった。

「ふふっ、死霊となった聖女様も喜んでおられるぞ？　憎き人間が、また一人死んでくれるってなぁ！」

　ワイズは右手の照準を、莫大な魔力を込めた銀華を、外壁に埋もれたレイオスへ向ける。

「く、そ……っ」

絶死の攻撃が迫る中、しかし、彼は動けずにいた。

天恵【限界突破】の副作用のせいで、体が言うことを聞かないのだ。

(俺は……こんなところで終わるのか……っ)

文字通りの限界。

これが今のレイオス・ラインハルトの天井だ。

避けようのない『死』を突き付けられた彼は、ゆっくりと目を閉じ——己の無力を噛み締める。

誰よりも剣を振った。

誰よりも肉体を鍛えた。

誰よりも自分に厳しくした。

雨の日も晴れの日も雷の日も、周りが遊んでいるときも、休んでいるときも、惰眠を貪っているときも、ただひたすら修練に励んできた。

全てはそう——敬愛する聖女様のために。

だが、その努力も今、全て水泡に帰す。

ワイズ・バーダーホルンという『本物の化物』の前では、自分のしてきた努力など、まったくの無意味だったのだ。

レイオスの瞳から、一筋の涙が流れ落ちる。

（……聖女様、申し訳ございません……）

次の瞬間――白銀の華が咲き誇り、途轍もない大爆発が巻き起こる。

「あはっ、天恵【限界突破】だっけぇ？　ほらほらぁ、超えられるものなら超えてみなよ！　『死』っていう限界をさぁ……！」

ワイズの嘲笑が木霊する中――お日様のような香りが漂った。

（……聖女、様……？）

明滅する視界の中、レイオスが捉えたのは――見上げるほどに巨大なプレートアーマー。

「――名も知らぬ聖騎士よ、見事な戦いぶりだったぞ」

そこに立っていたのは、全身に甲冑を纏った、謎の冒険者だった。

■

突如戦場に降り立った謎の大男に、ワイズは警戒の色を滲ませた。

「お前、誰だ……？（銀華の直撃を受けて無傷、だと？　魔法で防いだ様子も、天恵を使った形跡もない。おそらくはあの鎧に何か秘密があるな……）」

その問い掛けに対し、ルナは不敵な笑みを浮かべる。

「ふっ、よくぞ聞いてくれた。我が名は――シルバー・グロリアス＝エル＝ブラッドフォールンハート！」

彼女はまだ、『シルバー』という略称を受け入れていなかった。

「長いね、シルバーでいいでしょ」

「ぐっ……やはりそうなるのか……っ」

ワイズの先制攻撃、ルナの精神に小ダメージ。

「それでシルバー、お前はいったい何者なのかな……？」

「私は聖……じゃなくて悪役れ——でもなくて、冒険者だ」

何度も言い間違えるルナだが、ワイズは特に気に留めなかった。

彼女は今、敵戦力の測定に全神経を注いでおり、会話の中身なぞ二の次三の次なのだ。

「ふーん、冒険者ねぇ（こいつ……魔力の反応がまるでないぞ。あの大仰なプレートアーマーから判断して、『耐久力が自慢の重装歩兵』ってところか？　はっ、俺にとっちゃいいカモだな）」

機動力に欠けるが、耐久力に秀でた重装歩兵——それはワイズが最も得意とするタイプの相手だ。

相性は抜群。いざとなれば、すぐにでも屠れる。

そんな余裕が、彼女の顔にありありと浮かんだ。

「ワイズとやら、私からも一つ質問をいいか？」

「お好きにどうぞ。ちゃんと答えるかどうかは、わかんないけどね」

「では——お前は自分を『聖女の代行者』と言ったが、それは本当なのか？」

「あぁ、もちろん！　俺は聖女の代行者！　彼女の遺志を継ぐ者だ！」

ワイズは両手を大きく広げ、眼下の民衆に聞かせるように、大きな声で語り始める。

「俺はあるとき、『聖女様の死霊（しりょう）』と出会い、幸運にも話をする機会に恵まれた！　彼女の人間に対する憎しみといったら、そりゃもう凄（すご）かったぜぇ？　まぁ当然だよな。これまで助けてきた人々に裏切られ、惨（むご）たらしく焼き殺されたんだからなぁ！」

「「「……っ」」」

負の歴史をほじくり返され、その場にいた人々は、みな一様に顔を伏せる。

「聖女様は見限ったんだよ！　お前たちの非人道的な行い、その残虐な本性を見て、もう無理だとお思いになられた！　人間は邪悪の結晶！　こんな業（ごう）の深い生き物を救えるわけがない、となァ！」

「それはそうだな」

ルナは否定せず、深くコクリと頷（うなず）いた。

人類の秘めた残虐性については、今日の社会科見学で、これでもかというほどに見せつけられたばかりだ。

「お前……随分あっさりと認めるんだな（……このシルバーって男、何かおかしいぞ。俺の固有魔法〈言霊罪過（ソウル・ギルト）〉がまるで効いてねぇ。人間の癖に、『聖女への罪の意識』がないのか？）」

固有魔法〈言霊罪過（ソウル・ギルト）〉。自身の発する言葉によって、相手の精神に『罪悪感』を植え付けた際に発動し、対象者の全ステータスを大きく弱体化する。

ワイズの言葉は文字通りの口撃であり、『精神を挫いて肉体を砕く』というのが、彼女の基本戦術だった。

実際に此度の襲撃においても、人類の禁忌である『聖女処刑』について厳しく責め立て、レイオスをはじめとした敵戦力の弱体化に成功していたのだが……。

聖女本人であるルナには、当然なんの効果も発揮しない。

（まぁこの際、シルバーのことは一旦置いておくとして……俺は自分の役割を果たさねぇとな）

そう判断したワイズは、両の掌に銀の光を集中させる。

「俺は聖女様の遺志に従い、人類への復讐をはじめる！　聖女様は言っているんだ、『悪しき人間どもを滅ぼせ』となァ！」

両手の目玉が妖しく輝き、白銀の閃光が解き放たれた。

それは街を蹂躙していき、人々は甲高い悲鳴をあげながら、蜘蛛の子を散らしたように逃げ惑う。

「はっはっはっ！　どうしたぁ、もっと喜べよ！　敬愛する聖女様の魔法だぞぉ？」

嘲笑を浮かべた彼女は、人々の心をへし折る言葉と共に銀華を撃ち、街を破壊していく。

その光景を目にしたルナは、「得心がいった」とばかりに頷いた。

「あぁ……なるほど、そういうことか」

やっとわかった。

ワイズを初めて見たときからずっと感じていた、なんとも言えない胸のムカつき。

その理由が、今ようやく理解できた。

「同じなんだな」

ワイズの発言と行動は、三百年前の醜い人間たちと同じだった。

ルナの脳裏によぎるのは、過去に交わした不快なやり取り。

【何故、あそこまで苛烈な攻撃を？　もう敵に戦意はありませんでしたよ】

【せ、聖女様!?　違うのです！　これは団長殿に言われて、仕方なくやったことでして……！】

自分の行いは、誰それに言われてやっただけ。

【何故、あのような心ない発言を……？　この国では、獣人差別を禁止しているはずです】

【誤解です！　これは宰相殿が言っていたことで、決して私の本意ではございません！】

自分は言っていない、誰それが言っていただけ。

【何故、井戸に毒を撒いたのですか？　敵国の民とはいえ、そこまでする必要が本当にありましたか？】

【わ、私はそこまでやれとは言っておりません！　実行部隊の馬鹿共が、勝手な判断でやったことでして……！】

自分はやれと言っていない、誰それが勝手にやっただけ。

決して自らが責任の主体とならず、他の誰かに言われてやったことだと嘯く——聖女ルナはこの姿勢が嫌いだった。

口を開けばすぐに「聖女様はこう言っていた」、「これは聖女様の遺志だ」と宣い、全ての責任を聖女に押し付けるワイズの姿は、三百年前の醜い人間たちとぴったり重なった。

「——ワイズよ」

「なんだぃ、シルバー？」

「初見だが、どうやら私は、お前のことが大嫌いのようだ」

胸やけの正体は単純明快、ただただシンプルな『嫌悪感』だった。

「あはっ、大嫌いと来たか。そうだね、俺も大嫌いだよ。聖女様を惨たらしく殺した、お前たち人間がなァ！」

ワイズの右手から白銀の閃光が飛び出し——ルナの顔面に直撃する。

「ふむ……確かにこれは聖女と同じ魔法だ。誰に教わった？」

銀華の直撃を受けたルナは、さも当然のように無傷だ。

「さっきも言っただろ？　聖女様の死霊に、だよ」

「なるほど、まともに答える気はないか」

ルナが肩を竦めると、ワイズが問いを投げてくる。

「それにしてもシルバー、お前けっこう強そうだな？　（さっきの銀華は、かなり強めに撃ったんだが……まるで効いていない。あの鎧、相当ヤバイな。常軌を逸した魔法防御力、おそらくは伝説の聖女パーティが残した『聖遺物』の一つだ）」

「一応、昔はそれなりに強かったんだが……果たして今はどうなんだろうな」

この時代に転生してから、ルナが拳を交えた人間は三人。

自称最強のド変態・壁イソギンチャク・最上級保護対象。

残念ながら、どれも参考にならなかった。

彼女は未だ、現代における自分の立ち位置というものを摑めずにいる。

「まぁなんにせよ、このままチマチマ銀華を撃ったところで、お前は倒せなさそうだな」

「随分と弱気じゃないか。降伏でもするのか？」

「まさか！　そうじゃなくて……ちょっとばかし、本気を出してやろうと思ってね」

ワイズは両手を広げ、大口を開ける。

すると次の瞬間、右の掌・左の掌・口腔内――銀華の発射口である三つの目玉が、スゥッと空中へ浮かび上がり、一つの巨大な眼球と化した。

「恐れ慄け！　これが聖女様の偉大なる魔法、遍く総てを葬り去る究極の一撃――正真正銘の『銀華』だッ！」

彼女が叫ぶと同時、天に浮かぶ眼球へ、途轍もない大魔力が集まっていく。

その異常なまでの出力を目にした人々は、一人また一人とその場で膝を突く。

「な、なんという馬鹿げた出力だ……っ」

「あの野郎、まだこんな奥の手を隠し持っていたのか……ッ」

「やはり人間では、魔族に勝てないのか……っ」

絶望的な空気が漂う中、ルナは「うぅむ」と喉を唸らせる。

「ワイズよ、一ついいか？」

「どうした、辞世の句でも詠むのか？」

「何か勘違いしているようだが……銀華という魔法は、単体で使うものじゃないぞ？」

「あ？」

ルナが右手を前に伸ばした次の瞬間、

「銀華──千景──」

輝く千の銀光が、大空を埋め尽くした。

「…………は？」

ワイズの口から、素っ頓狂な声が漏れる。

(何故、シルバーが銀華を……!?　いやその前に、なんだこのふざけた魔法の規模は!?　このイカれた出力はどういう理屈だ!?　あ、あり得ない……っ。こんな化物、いったいどこから湧いて出た!?)

まるで神話の一ページのような光景に、彼女はただただ圧倒された。

一方のルナは──悪役令嬢の冷淡な微笑みを浮かべ、ワイズの言葉を借りた、意地の悪い質問を口にする。

「――どうした、喜ばないのか？　敬愛する聖女様の魔法だぞ？」

「こ、の、糞野郎……っ。ワイズ・バーダーホルンを舐めんじゃねぇッ！」

ワイズは持てる全ての魔力を燃やし、最強の一撃を撃ち放った。

それに対して、ルナはスッと右手を横へ薙ぐ。

「――解」

次の瞬間、解き放たれた白銀の流星は、ワイズの稚拙な銀華を一瞬で喰らい尽くし――、

「……ぁ、ガ、ぉ……ッ」

圧倒的な超火力による全方位からの集中砲火を受けた彼女は、細胞のひとかけらも残さず、コンマ数秒のうちにこの世から消え去った。

まさに一撃。

聖女ルナは『純然たる格の違い』を、これでもかというほどに見せ付けた。

そして――。

（ば、馬鹿な……ッ）

戦闘の一部始終を目にしたレイオス・ラインハルトは、言葉を失う。

（あの化物染みた強さを誇るワイズが、完全に子ども扱いだった……っ）

文字通り、『強さの桁』が違った。

あんなものは戦いと呼べる代物じゃない、ただただ一方的な蹂躙劇だ。

（シルバー・グロリアス＝エル＝ブラッドフォールンハート、あの男はいったい何者なん

だ……!?)

街中がシンと静まり返る中、ルナは眼下の人間たちに告げる。

「――私こそが、聖女様の代行者だ」

「「「……!?」」」

その言葉を受け、人々は息を詰まらせた。

「予言書にあった通り、聖女様は転生をなされた。しかし、彼女は思い悩んでいる、人間を信じられなくなっている。だから、見せてほしい。人類が――あなたたちが救済に足る存在であることを……！」

ルナが言葉を切ると同時、街のあちこちから嗚咽が漏れ出す。

「う、うぅ……聖女様が……聖女様がついに転生なされた……ッ」

「聖女様、愚かな先祖の非礼をここにお詫びします。本当に申し訳ございませんでした……っ」

「聖女様、ありがとうございます、ありがとうございます……っ。貴女様の転生を心から祝福いたします……ッ」

感涙に咽ぶ者・歴史の過ちを詫びる者・感謝を繰り返す者、彼らの顔は涙でぐしゃぐしゃになっているが……もちろんそれは、悲しみによるものではない。

抑えきれぬほどの歓喜が、大粒の涙となって、溢れ出しているのだ。

そんな中――聖なる十字架を握り締めた集団が、どこからともなくぞろぞろと現れる。

「──さぁみな！　今こそ聖女様に全身全霊の祈りを捧げるのだ！」

指導者の男がそう言うと同時、彼らは一斉に張り裂けんばかりの大声を張り上げた。

「「「聖女様……ッ！　聖女様……ッ！　聖女様……ッ！」」」

普段は冷ややかな目で見られるこの祈りだが……。

今この場において、それを馬鹿にする者は、もはや一人としていない。

「……女様……」

若い男性がボソリと呟き、

「聖……様……っ」

壮年の女性が小さな声で続き、

「……聖女、様……」

老齢の貴婦人がはっきりと口にし、

「聖女様！」

小さい子どもが声を弾ませ、

「……聖女様……ッ！」

大きな男がたまらず叫んだ。

一人また一人と聖女様の大合唱に加わった結果──。

「「「「「聖女様……ッ！　聖女様……ッ！　聖女様……ッ！」」」」」

街全体の意識が完璧に統一され、熱狂的で異常な空間が完成する。

（ごめん、それは本当にやめて、普通に怖いだけだから……っ）

ルナがドン引きする中――彼女の背後に一人の聖騎士が、レイオス・ラインハルトが降り立った。

「――おい貴様、シルバーと言ったな」

「……なんだ？」

しばしの沈黙の後、ルナはゆっくり振り返る。

一瞬、「フルネームをちゃんと名乗ろうかな？」と思ったのだが……。レイオスの声色が真剣そのものだったので、仕方なくゴクンと呑み込んだのだ。

「貴様は聖女様と繋がりがあるのか？」

「あぁ」

「そうか……いろいろと聞きたいことはあるが、どうせ答える気はないのだろう？」

「まぁな」

ルナはコクリと頷いた。

今回は聖女の代行者を名乗る不届き者が現れたので、仕方なく『冒険者シルバー』を『聖女の代行者』に立てただけ。

当然ながら、表舞台に戻る気などさらさらない。

「では一つ、言伝を頼まれてほしい」

「なんだ？」

「聖女様に伝えてくれ。『人間の成長を――我らの輝きを見ていてください』、とな」

「……ふっ、いいだろう」

とにもかくにも、これでワイズの脅威は去った。

（街の人達は、みんな頭がおかしくなっちゃったし……早いところ帰ろっと）

ルナが〈異界の扉〉を使おうとしたそのとき、背後から大きな爆発音が響く。

そちらに目を向ければ――巨大な火柱が天高く立ち昇り、紅蓮の炎の中に四本脚の丸いフォルムをした生物が浮かんでいる。

（魔族……もう一体いたんだ）

新たに出現したこの魔族は、市街地の一角に着地、回れ右をして全速力で逃げ出した。

（あの魔族、何かを大事そうに抱えていたような……？）

一瞬チラリと見えたのは、赤い表紙の本。

（……なんだろう、どこかで見覚えが……？）

ルナが頭を捻っていると――爆心地のすぐ近く、研究者らしき男が悲痛な叫びをあげた。

「だ、誰か、あの魔族を捕まえてくれ！　聖女様の予言書が、赤の書が奪われた……！」

「「「なっ!?」」」

敵はもとから二人一組だった。

ワイズは陽動、表で派手に暴れてヘイトを買う役回り。

そして先の四本脚の魔族こそが本命、裏で暗躍し、エルギア王国の国宝を奪い取る。

奴等の狙いは、街の最深部に保管された聖女の予言書だったのだ。

「あ、あぁ……聖女様の予言書が……っ」

「せっかく聖女様が、転生なされたというのに……ッ」

「これでは聖女様に顔向けができん……っ」

人々が悲嘆に暮れる中、聖騎士たちが気を吐いた。

「はぁはぁ……追え、追うのだ！　絶対に逃がしてはならぬッ！」

「聖女様の予言書は……人類の、希望……！」

「この命に代えても、取り戻すのだ……ッ」

ワイズとの戦闘で既に満身創痍の聖騎士たちは、幽鬼のように立ち上がり、重たい体に鞭を打って、魔族の後を追い掛ける。

しかしそこへ、

「――待てッ！」

レイオスが制止の声を掛けた。

「先の戦闘で、お前たちは疲弊しきっている。敵の詳細な戦力は不明だが、少なくともワイズと同等以上であると予想される。ここで追うのは完全に悪手、ただ命を捨てに行くようなものだ！」

彼の発言に対し、聖騎士たちは異を唱える。

「し、しかし……っ。それでは聖女様の予言書が、魔族の手に渡ってしまいます！」

「シルバーの、代行者の言葉を思い出してください！」

「我々は聖女様に『救済に足る存在である』と示さねばならないのですよ!?」

口々に異論を述べる聖騎士たちに、レイオスの一喝が響く。

「愚か者め、頭を冷やせ！　『聖女様の真意』をよく考えるんだ！」

「「「聖女様の、真意……!?」」」

「かつて聖女様は、人類の救済を掲げ、その身を顧みず、人民の命を最優先に行動なされた！　たとえそれが聖遺物だったとしても、聖女様がお書きになられた予言書であったとしても、人民の命より優先すべきものではない！　聖女様は、きっとそう仰るはずだ！」

「「「……ッ」」」

それは反論の余地がない、完璧な正論だった。

強く優しく美しく、人民のためを思い、人民のために戦い、人民のために尽くす。

それこそが――人類救済の象徴『聖女様』だった。

「くっ……俺たちはこの期に及んで、また誤った判断を……ッ」

「聖女学を学んでおきながら、その考えに辿り着けなんだとは……ただただ自分が情けない……っ」

「もっと思考を深め、聖女様の御心を汲み取らなくては……ッ」

聖騎士たちは己が浅慮を恥じ、そして――感動した。

聖女様がどれほど人類のことを考えてくれていたかを、その海よりも深く山よりも高い慈悲の心を思い出し、涙が止まらなかった。

　聖女の真意を完璧に捉え、聖騎士の暴走を止めたレイオスは、クルリと振り返る。

「聖女様ならば、赤の書よりも人民の命を優先するはず――。なぁ、貴様もそう思うだろう、聖女様の代行者（シルバー）？」

「そんなわけないだろう！　今すぐ全員、死ぬ気で追い掛けるんだ……！」

「え、えぇ……っ」

　予想とは真逆の答えが返って来たため、レイオスはあんぐりと口を開けるのだった。

■

　――エルギア王国北方のとある街道。

　普段からほとんど人通りのないこの道を今、全速力でひた走る四本脚の魔族がいた。

「はぁはぁ……っ。やった、やったぞ、やってやったぞ……！　赤の書を、聖女の予言書を手に入れたぞ！」

　彼の名はギャロ・アネク、年齢不詳。

　身長70センチ・青い皮膚・頭頂部に生えた小さな双角（そうかく）・顔のど真ん中にある大きな一つ目・卵型の丸いフォルムに二本の手と四本の脚が生えた、独特な姿の魔族だ。

「へ、へへっ、これを持ち帰れば魔王様は、きっとお喜びになられるはずだ！」

今回、魔王の指令を受けて、二体の魔族がエルギア王国に送られた。

戦闘員のワイズ・バーダーホルンと工作員のギャロ・アネク。

ワイズは任務遂行中、突如出現した謎の鎧に倒されてしまったが……。

ギャロはその間に目標の——赤の書の奪取に成功していた。

後はこれを無事に魔王城へ持ち帰ることができれば、立身出世はもちろんのこと、望むがままの褒美が約束される。

「これで俺様は、大幹部『天獄八鬼』に就任だ！　もしかしたら、魔王様の右腕になれちゃったりしてぇ？　あぁ～御褒美は何をもらおうかなぁ。やっぱり人間か？　よし、決めた。女だ、女にしよう！　魔力の豊富な女魔法士をもらおう！　げぎゃぎゃぎゃぎゃぎゃッ！」

下卑た笑みを浮かべたギャロが、ダラダラとよだれを垂らしながら走っていると——背後から地鳴りのような音が鳴り響いた。

ドンッ、ドンッ、ドンッ。

巨大な岩石が高所から落下したような、超重量級の物質が大地を叩くような、そんな腹の底に響く轟音。

それが何度も何度も、規則的に続いた。

その音はゆっくりとしかし確実にギャロのもとへ近付いてくる。

（な、なんだこの音は……？　近くにどデケェ魔獣でもいんのか……？）

キョロキョロと周囲を見回すが、それらしきものは影も形もない。

数秒後、

(……さ、寒気が止まらん……っ。ヤバイ、何かわからねぇけど、とにかくこれは猛烈にヤバイ……ッ)

ギャロの魔族としての本能が、警鐘を鳴らしていた。

彼の全身を苛(さいな)む寒気の正体は、最も原始的な感情の一つ——恐れ。

三百年前、細胞の核にまで刻み込まれた『天敵』への恐怖。

十秒後、それが人の足音であると気付いたときには……もう全てが遅かった。

「——待てぇえええええぞぞぞぇ！」

「うげぇっ!?」

プレートアーマーに身を包んだ大男が、途轍(とてつ)もない速度で追いかけてくるのだ。

最初はその後ろにレイオスをはじめとした、大勢の聖騎士たちが続いていたのだが……。

ルナの速度に付いていけるわけもなく、スタートから一秒でぶっ千切られてしまった。

(や、ヤバイヤバイヤバイ……っ。あいつは、あのワイズを一撃で葬った正真正銘の化物。今相手にしてはいけないランキング、ぶっ千切り第一位の超危険人物……ッ)

真っ正面からの戦闘では勝ち目なし。

素早くそう判断したギャロは、ルナによく見えるよう、後ろ手に赤の書を突き付ける。

「ち、近付くな！　この予言書、燃やしちまうぞぉ!?」

「どうぞ！」

「なんでぇ!?」

想定外の返答に彼は困惑した。

「くそっ、こいつは人類の宝じゃねぇのか!?　なんだよあいつ、わけがわかんねぇ……ッ」

ギャロの受けた命令は予言書の『回収』。

間違っても、燃やすことなど許されない。

「それなら、こいつでどうだ！　――〈次元接続〉（ディメンジョン・リンク）！」

次の瞬間、ルナの前方に突如として巨大な山が出現した。

ギャロは空間魔法に特化した魔族であり、大量の魔力を消費することで、遥（はる）か遠方の山をルナの正面に瞬間移動させ――特大の障害物としたのだ。

「よ、よし！　今のうちに距離を稼いで――」

しかし、甘かった。

ギャロは聖女がどういう生き物なのか、まるで理解していなかった。

「――待てぇえええぇえぇぇ！」

「嘘（うそ）ぉおおおおおお!?」

ルナは一秒だに止まることなく、ただひたすら真（ま）っ直（す）ぐ――目の前の山をぶち抜いて、最短距離を駆け抜けた。

（な、なんだよ、アイツ……頭おかしいんじゃねぇのか!? 普通山を登るか、迂回するかの二択だろ!? なんでそのまま突っ込んでくるんだよ!?）

ルナは複雑なマルチタスクこそ苦手だが、単純なシングルタスクは得意だ。

魔族を捕らえ、赤の書を奪い取る。

そう頭にインプットした彼女は、とにかく『最短距離』を突き進む。

目の前に山があろうと、マグマだまりがあろうと、魔族の大群がいようと――そんなものは関係ない。

あらゆる障害を吹き飛ばし、ただひたすら真っ直ぐ突き進むのだ。

そうこうしている間にも、両者の距離はぐんぐんと詰まっていく。

（くそっ、俺様自慢の四本脚でも千切れねぇ。人間のくせに、あんな重そうな鎧を着こんでいるのに、なんでそんなに速ぇんだよ……ッ）

このまま速力で逃げ切ることは不可能。

そう判断したギャロは、意を決して振り返る。

「どれだけ強かろうと所詮は人間！ 絶対的な種族の差を思い知れぇ！ ――〈次元断絶〉ッ！」

出し惜しみは一切なし。

ありったけの魔力を込めて、自分の使える最強の魔法を発動した。

これは空間の位相を強引にズラシ、あらゆる物体を即座に断絶する、非常に殺傷性の高い上位魔法……なのだが……。

「――効かん！」

聖女の強靱な肉体と鎧に付された〈空間耐性〉によって、ギャロの最強の魔法はいとも容易く無効化される。

「な、にぃ!?」

「何を驚いている？　空間魔法への対策は、基本中の基本だろう」

三百年前――魔法が全盛を極めたあの時代の魔法士ならば、空間魔法の対策を怠ることはない。

「こ、こいつ……っ（なんてふざけた魔法防御をしていやがる。あれか、あの大きな鎧がヤバイのか。わかったぞ、ワイズはあの防御を突破できずにやられたんだ……っ）」

「よし、捕まえ……たッ！」

ルナがグッと前に手を伸ばし、ギャロの首根っこを摑もうとしたその瞬間、

「――る、〈異界の小部屋〉！」

彼は緊急脱出用の魔法を発動し、自らの作り出した異空間へ逃げ込んだ。

「はぁはぁ……お、驚かせやがって……っ。だが、残念だったなぁ！　ここは俺様が作った、俺様だけの異空間だ！　お前がどれだけ強くても、どうすることもできねぇよ！」

安全地帯に逃げ込んだギャロが、勝利の雄叫びをあげたそのとき――背後から「コンコンコン」とノックが響く。

「……え?」

彼がゆっくり振り返ると、

「――失礼するぞ」

まるで友達の部屋に入るかのような気軽さで、プレートアーマーがノッシノッシと踏み入ってきた。

「お、お前……っ、どうやって、俺様の世界に……!?」

「さっきから大袈裟な奴だな。閉じたての異空間に入るなど、そう難しいことじゃない」

「……っ」

ルナは聖女。

異空間への出入りなど、暖簾をくぐるようなものだ。

「さぁ、私の黒歴――ゴホン、聖女の予言書を返してもらおうか」

「……っ」

四方八方、逃げ場なし。

完全に追い詰められたギャロは、現状における最善手を考える。

(この鎧野郎は、ワイズを瞬殺するほどの実力者。まともに戦っても勝ち目はない。でも……ここで赤の書を返したら任務は失敗。魔王様に殺されてしまう。あの御方は本当に執念深い。俺がどこへ逃げようとも、地獄の果てまで追ってくる……っ)

前門の聖女、後門の魔王。

行くも地獄、帰るも地獄。

苦渋の決断を強いられたギャロは――『最悪の答え』を選択する。

「こうなったらもう一か八かだ！　死にさらせ、鎧野郎ぉおおお……へばっ!?」

決死の覚悟で特攻を仕掛けた次の瞬間、デコピン一発で消し飛んだ。

天高く舞い上がる赤の書、それを優しく抱き留めたルナは、ホッと安堵の息をつく。

「あぁ……よかったぁ……っ」

目標の確保に成功した彼女は、周囲をキョロキョロと見回し、誰もいないことを確認してから肩の力を抜く。

「ふぅ……やっぱり『冒険者ムーブ』は疲れるなぁ」

低い声と落ち着いた口調をやめ、普段通りに戻したルナは――いよいよ自身の黒歴史と対面する。

「キミ……思いのほかに綺麗だね」

彼女はそう言って、ジト目で原典を睨む。

三百年という長い歳月が経過しているのにもかかわらず、赤の書の状態はとてもよかった。

多少の使用感こそあるものの、どれも経年劣化の域を出ていない。

人間たちの手で、大切に保管されていたことが窺える。

「……そう言えば、どんな話だったっけ……？」

過去の自分がどんなストーリーを書いていたのか、ほんの少しだけ興味を惹かれた。

博物館でも本の内容は公開されていたのだが……あのときはとても冷静に読めるような精神状態じゃなかったので、ほとんど何も見られていない。

「ちょっとだけ、ほんのちょっとだけ読んでみよう」

好奇心に負けた彼女は、赤の書の表紙をめくり――中身をチラリと確認した。

すると次の瞬間、

「……ぅぅっ……」

ルナの正気度がごっそりと削られた。

彼女がこれほどのダメージを受けたのは、三百年前の大魔王との死闘以来だろうか。

「や、やっぱりこんな黒歴史は、さっさと燃やしてしまおう……！」

右手に炎の魔法を宿し、予言書を抹消しようとしたところで――その手がピタリと止まる。

ルナの書いた私小説の出来は、お世辞にも褒められたものじゃない。

文章表現は稚拙なうえ、お話作りの作法もなっていない。

ただひたすらに自分が書きたいことを、自分が紡ぎたい物語を、創作意欲の向くままに綴ったものだ。

しかし、この中には『熱いモノ』が流れていた。

『こういう物語が書きたい！』という、書き手の情熱が宿っていた。

（……生み出された作品に罪はない）

それがどんなに不出来なものであろうと、『黒』であろうと『白』であろうと、自分の『歴史』であることに変わりはない。

いろいろな思いを噛み締めたルナは、赤の書をプレートアーマーの中にそっと仕舞い込んだ。

（とりあえず……処分は保留。私の予言書はまだ後六冊あるみたいだし、ちゃんと全部集めてから、どうするかを決めよう）

こうして赤の書の確保に成功したルナは、ローとサルコの待つ避難場所へ戻るのだった。

■

ワイズとギャロの襲撃から一夜明け、『聖女転生』の報せは、瞬く間に世界中を駆け巡った。

王国・帝国・神国・霊国の四大国は、その日のうちに四か国会議の開催を決め、どこの街でも呑めや歌えやの大騒ぎとなっている。

世界中が空前絶後の祝賀ムードに包まれる中、全人類待望の聖女様は今――。

「あぁ～……、やっちゃったなぁ～……っ」

自室のベッドに顔を埋めながら、自らの軽率な行いを悔いていた。

「私のバカ、どうしてあそこで、出て行っちゃうかなぁ……っ」

頭をガシガシと掻きながら、はしたなく足をバタバタとさせる。

ワイズの銀華によって、レイオスが殺されそうになったあのとき、咄嗟に体が動いてしまった。

ギリギリのところで理性が働いたため、〈換装〉の魔法でプレートアーマーを纏い、冒険者シルバーとして戦場に立つことはできたのだが……そもそもの話、助けに出たこと自体が間違いだった。

ルナはもう聖女を辞めた存在。

自己犠牲を払う必要もなければ、命を懸けて人助けをする義理もなければ、無用なリスクを負う理由もない。

今回のようなことを続けていたら、いつかどこかでボロが出て、聖女バレしてしまうだろう。

「はふぅ……」

精神的に疲弊した様子のルナは、ぼんやりと天井を眺め、ポツリと呟く。

「でもあれ……レイオスさんって絶対、ラインハルトの子孫だよね」

聖女学院で初めて見たときは、なんなら言葉を交わして名前を聞いたときでさえ、全く気付かなかったのだが……。

懐かしい水明流の剣術・決して挫けぬ強い正義の心・聖女への深い忠誠を見て、ハッと思い出した。

三百年前――ルナが世界中から謂れのない非難を受けているとき、あらゆる手を尽くして必死に守ろうとしてくれた、初代ラインハルト家当主のことを。

【聖女様、このような狭苦しい牢獄に押し入れてしまい、本当に申し訳ございません……っ。私はこれから愚かな王侯貴族たちに直訴し、必ずやあなたをそこから救い出してみせます！】

【……ありがとう。でも、あまり無茶はしないでね？】

王侯貴族に媚びず、根も葉もない悪評に流されず、全ての責任を聖女に押し付けず――これまでの自分の行いをちゃんと見てくれる人がいる。

その事実だけで、幾分か心は救われた。

しかしその後、ラインハルトが戻ってくることはなかった。

聖女を全面的に庇ったことで、王侯貴族の不興を買ってしまい、自宅での軟禁処分を科された挙句――聖女処刑後は、地下牢獄に幽閉。

結局、ルナと初代ラインハルトが生きて会うことは二度となかった……のだが……。

「まさか前世での借りを、三百年後の子孫へ返すことになるなんて思わなかったなぁ……」

まったく妙な宿縁もあるものだ。

「――とにかく！　私が聖女らしい行動をするのは、アレが本当に最後！　もう誰かが困っていても、絶対に助けたりなんかしない。悪役令嬢に……私はなる！」

転生直後の所信表明を再度繰り返し、気持ちに区切りを付けたルナは――机の上に置いた赤の書にチラリと目を向ける。

（サルコさんの話によれば……聖女の予言書は、現在確認されている限り全部で『七冊』……）

赤の書は確保できたが、残り六冊の行方は不明だ。

（うーわぁー、どの色の本に何を書いたっけ……。今回の私小説でしょ。夢小説でしょ。同人誌でしょ。ポエム集でしょ。後それから、えーっと……あぁ思い出せない……っ）

どれも『中身がヤバイ』ということは、しっかりと覚えているのだが……。

どの色の本に何を書いたのか、ほとんど記憶に残っていなかった。

しかし一つ、これだけは確実に言えることがある。

「『黒の書』……あの本だけは、世に出しちゃいけない……。たとえどんな手段を使っても、絶対に回収しなきゃ……っ」

黒の書はルナが生んだ負の遺産であり、決して開けてはならないパンドラの箱。

もしもあれが外部に流出し、赤の書のように公衆の面前に晒されるようなことがあれば……彼女は世界を滅ぼし、自分も死ぬだろう。

「とりあえず、この赤の書は大事に仕舞っておこう。――〈次元収納(ストレージ)〉」

ルナがパチンと指を鳴らすと、目の前に空間の裂け目が出現、その中に赤の書を収納する。

これはルナだけの固有空間であり、何人たりとも知覚・干渉することができない。

ちなみに……〈次元収納〉の内部は無限に広がっており、あの大きなプレートアーマーもここに収納してある。

そうして赤の書を安全な場所に保管したルナは、

「あぁ～……、やっちゃったなぁ～……っ」

また振り出しに戻り、ベッドの上で悶々とする。

彼女はこのあたり、少し切り替えが下手だった。

過去の出来事をいつまでもグジグジと引き摺り、あのときああしていたら、あのときこうしていれば……そんな『たられば』を考えてしまうのだ。

この悪い流れを断ち切るため、ルナは現在の状況を言語化し、自分に言い聞かせる。

「ま、まぁでもほら……考えようによっては、生き方に深みが出たよね？　聖女の代行者として、シルバーの名前は売れただろうから、この先『つよつよ冒険者ムーブ』もやりやすくなったし？　なんなら『聖女の代行者ムーブ』もできるかも？　だから結果オーライ的な……ね？」

自らの失敗へ無理矢理に『付加価値』を乗せ、なんとか正当化を図ろうとする。

ルナの人間としての小ささが、これでもかというほどに出た瞬間だ。

とにもかくにも、ようやく前を向くことができた彼女は、『今後の方針』をはっきりと宣言する。

「第一目標、小説にあるような悪役令嬢として生きる！　第二目標、冒険者として外の世界を自由に生きる！　第三目標、私の黒歴史をこの世界から抹消する！　これをモットーにして、新しい人生を思い切り楽しもう……！」

こうして三百年後の世界に転生を果たし、聖女という重荷から解放されたルナは、聖女バレしないよう目立たず静かに過ごしながら――表の世界では『悪役令嬢』として、裏の世界では最強の冒険者『シルバー』として、悠々自適なセカンドライフを送るのだった。

第零章 旅のはじまり

これは三百年前の物語、聖女が処刑されるまでを記した前日譚。

――聖暦169X年。


「きゃぁああああああああ!?」

「に、逃げろ！ 魔族だ、魔族の糞共が来たぞ……ッ」

「待ってお願い、誰か助けてッ！ 子どもがまだ二階にいるの……！」

「げぎゃぎゃぎゃぎゃ！ 待て待てェ、エサが逃げるんじゃないよォ？」

圧倒的な力を持つ魔族は、食料である人間を貪り食い、人類の生存圏は縮小の一途を辿っていた。

エルギア王国東部のネルト平原、ここでもまた新たな戦火が燃え上がる。

外界より押し寄せるは魔族の大群300体、それを迎え撃つはエルギア王国第七聖騎士大隊1000人。

「魔法士部隊、撃てぇえええええ……！」

「「「――〈獄炎〉ッ！」」」

熟練の魔法士たちはありったけの魔力を込めて、灼熱の業火を解き放つ。

しかし、

「がーっはっはっはっ！　なんだこの弱々しい火は、まるで効かんぞ！」

敵はまったくの無傷。

人族と魔族、両者の間には絶対的な力の差があった。それは膂力（りょりょく）・魔力・体力・回復力・生命力、基礎的なスペックにおいて、埋めようがない種族の差があった。

「くくっ、哀れな人間（えさ）どもに本当の魔法ってやつを教えてやろう！――〈獄炎（ヘル・フレイム）〉！」

紡がれるのはまったく同じ魔法。

しかしその威力（けっか）は、先ほどとはまったく異なる。

「「「ぐぁああああああ……ッ!?」」」

肉を焦がし骨を焼く、地獄の炎が聖騎士たちを襲った。

「後方魔法支援部隊、そろそろ魔力が底を突きます……ッ」

「右翼、歩兵部隊半壊……っ」

「大隊長、もう無理です。撤退の御指示を……！」

聖騎士たちの報告を受け、大隊長グリンゴラン・ビトールドは、裂帛（れっぱく）の気を吐く。

「耐えろ！　我等（われら）は東部戦線における最後の砦（とりで）！　ここを突破されれば、多くの民草の血が流れる！　なんとしても防衛ラインを維持するのだ！」

『防壁』の二つ名を戴（いただ）く彼は、その強力な防御魔法を以（も）って、戦線の立て直しに務めるが……。

（まだか、まだ増援は来ないのか……ッ）

王政府に応援を要請してから既に三十分が経過。

戦況は悪化するばかりで、反撃の糸口は見つからない。

「が、はぁ……っ」

「痛ぇ、痛ぇよ……ッ」

「畜生……俺はまだ、こんなところ、で……」

敵の苛烈な攻撃によって、一人また一人と倒れ伏す同志。

あまりにも強大な魔族に対し、聖騎士たちの戦意は風前の灯となっていた。

（……もはやここまでだな……）

敗戦は確実。これ以上の戦闘は、無駄に被害を広げるだけ。

そう判断したグリンゴランは、スッと青空を見上げ、長く深く息を吐く。

「俺が特攻を仕掛け、なんとか時間を稼ぐ。副長はその間に、一人でも多くの兵を逃がしてくれ」

「し、しかし……それでは大隊長が……!?」

「ふっ、誰にモノを言っている？　俺は『防壁』のグリンゴラン、こんなところで死ぬ男ではない」

グリンゴランは一人捨て石となり、部下を生かす道を選んだ。

全てはそう、聖騎士の責務を――人民の救済を果たすため。

（ダリア、ファスゴラン……すまん、どうやら俺はここまでのようだ）

王都に残した妻と息子へ謝罪の念を送り、全軍へ最後の命令を出さんとしたそのとき――いったいどこから現れたのか、白い修道服を纏った少女が、ひょっこひょっこと最前線に躍り出る。

「ちょっ、お前……一般人がどうしてここに!?」

「馬鹿、今すぐ下がれ！」

「何をやっている、死にたいのか!?」

聖騎士たちが必死に忠告を送る中、

「……嘘、だろ……っ」

この場でただ一人、正しく『現状』を理解したグリンゴランの手から、カランカランと剣が滑り落ちる。

その顔は焦燥から驚愕、驚愕から動揺、動揺から興奮へと移り変わった。

彼は胸いっぱいに空気を吸い込み、今日一番の大声を張り上げる。

「――総員撤退ッ！　各自の持ち場を放棄し、全速力で撤退せよッ！」

「「「……は……？」」」

聖騎士たちは、理解できなかった。

今まで死ぬ気で維持した戦線の即時放棄、そして何より、隊列はおろか殿さえ定めぬ粗雑な撤退命令。

これでは『背後から襲ってください』、と言っているようなものだ。

「大隊長、何を……!?」

「正気ですか!?」

紛糾する異議に対し、グリンゴランは力強く宣言する。

「お前たち、本当に……本当によくやった！　今この瞬間、戦略目標は達成された！　この防衛戦は、我々の勝利っ！　あの御方こそ――『聖女』ルナ様だッ！」

次の瞬間、耳をつんざく轟音が響き、凄まじい衝撃が吹き荒れる。

聖騎士の面々が振り返るとそこには、信じられない光景が広がっていた。

「「「……はっ……？」」」

敵の首魁『巨兵バラン』の首がクルクルと宙を舞い、10メートルにも達するその巨体がゆっくりと崩れ落ちる。

一瞬の静寂の後、

「き、貴様ぁあああああああ……！」

「あの小娘を血祭りに上げろ！　ぶち殺せッ！」

「人間風情が、ふざけた真似を……！」

憤怒の形相を浮かべた魔族たちは、途轍もない大魔力を解き放つ。

「――〈冥府の獄炎〉！」

「――〈天厳の吹雪〉！」

「――〈絶禍の迅雷〉！」

爆炎・銀氷・轟雷、天災のような魔法が炸裂し、激しい衝撃波が吹き荒れる。

「ふぅふぅ……っ。は、ははは っ！　どうだ劣等種族、これが偉大なる魔族の力だ！」

しかし次の瞬間、立ち込める砂埃の中から、無傷の聖女が飛び出した。

「なにっ!?」

反撃に繰り出されたのは、ただただ真っ直ぐな拳。

音速を超えるその一撃は、魔族の巨軀を破裂させた。

「……おぃ、ガレン……？」

かつてガレンと呼ばれた魔族が、鮮血の雨となって降り注ぐ中、

「――次」

超然とした白銀の戦姫は、淡々と次の標的に目を向ける。

そこから先は、もはや戦闘と呼べるものではなかった。

ただただ一方的な蹂躙劇。

あれほど強く恐ろしかった魔族たちが、まるで枯れ葉を毟るかのように、いとも容易く屠られていく。

「……す、すげぇ……っ」

聖騎士の口から、感嘆の息が零れた。

人類の天敵である絶対の捕食者、自分達を虐げてきた憎き魔族。

それが、たった一人の少女に蹂躙される。

その光景は——文字通り『痛快』だった。

「「「う、うぉおおおおおおお……！」」」

聖騎士たちの腹の底に熱いモノが込み上げ、いつの間にか野太い歓声が巻き起こる。

ある者は拳を固く握り、ある者は歓喜に涙を零し、ある者は声にならない声をあげた。

「今ので最後かな……？」

一分後——幾多の屍を積み上げ、戦場に君臨するは、わずか14歳の少女。

どこかあどけなさの残る顔・鮮血に濡れた雪のように白い肌・透き通るような長い銀色の髪、その立ち姿は神々しささえ感じさせた。

「なんと強く美しい……っ。あれぞまさに人類の希望、聖女様……！」

「さすがは『戦略兵器』、たった一人で勝っちまったぜ……ッ」

「いやいやいや、いくらなんでも強過ぎだろ……っ」

ざわめき立つ聖騎士たちをよそに、大隊長が深々と頭を下げる。

「聖女様、あなたのおかげで命拾いしました。このグリンゴラン、感謝の言葉もございません」

「いえ、私は当たり前のことをしただけですから……っとすみません、〈交信〉が入りました」

それはアルバス帝国より入った緊急の応援要請。

「はい……ええ、わかりました。タスタリオ高原ですね、すぐに向かいます」

簡単な状況説明と正確な位置情報を聞いたルナは、〈交信(コール)〉を打ち切り、グリンゴラン に向き直る。

「すみません、次の戦場(げんば)がありますので、私はお先に失礼します」

小さく会釈をした彼女は〈異界の扉(ゲート)〉を展開、そのまま異空の彼方(かなた)に消えていった。

「あれが聖女様か、初めて見たぜ……！」

「世界各国の最前線を渡り歩く、本当にお忙しい方だからな……眼福だ」

「肖像画では背の高い美女だったけど、実物はかなり小さいんだなぁ」

それから十時間後――世界中の戦地を飛び回ったルナが、王国の離宮にある自室へ戻る頃、太陽はもう西の地平線に沈んでいた。

「……つーかーれーたー……っ」

疲労困憊(ひろうこんぱい)といった様子の彼女は、だらしなくソファに倒れ込む。

「はぁ……こう毎日戦っていたら、さすがにちょっとしんどいかも」

そんな小言を零しながら、猫のように体をグーッと伸ばしていると、コンコンコンと控えめなノックの音が響く。

「――聖女様、湯浴(ゆあ)みの準備ができました」

「あっ、ありがとうございます」

温かいお風呂で疲れを取り、おいしいごはんに舌鼓を打った後は、ようやく自由時間だ。

お気に入りのクマさんパジャマを着たルナは、いそいそと自室に引き籠り、

「これでよしっと」

部屋の鍵をしっかりと施錠した後、〈次元収納（ストレージ）〉の中から、一冊の本を取り出す。

「ふふっ、やっと続きが読める……！　昨日、いいところで終わってたんだよね！」

『悪役令嬢アルシェ』、ルナが最近ドハマりしている、悪役令嬢を題材にした小説だ。

見るからにご機嫌そうな彼女は、ベッドの上に寝転び、はしたなく足をパタパタと振りながら物語にのめり込む。

一時間後、

「んー、面白かったぁ！　やっぱり悪役令嬢モノは最高……！」

愛読書を堪能した後は、大きな仕事机に移動。

赤いノートを開け、羽根ペンを手に取る。

「えーっと、どこまで書いたっけ……。っとそうだ、帝国の第三皇子に告白されたんだった」

自分が考えた最高に楽しく甘酸っぱいラブストーリーを――主人公である聖女（ルナ）が王侯貴族に溺愛される逆ハーレムストーリーを、筆の向くまま気の向くまま、赤いノートに綴（つづ）っていく。

所謂（いわゆる）、『私小説』と呼ばれる類のものだ。

「ふっ、ふふ……ふふふふっ！　このお話、すっごくおもしろい！　もし出版されたら、絶対に一億部は売れるっ！」

創作沼にどっぷりと浸かったルナは、温かな妄想に耽りながら、ひたすらに筆を動かし続ける。

まさかこれが黒歴史と化し、三百年後の自分を苦しめることになろうとは、このときの彼女は知る由もなかった。

「……ふわぁ、もうこんな時間か……」

気付けば時計の針は零時を回っている。

明日は七時から帝国の北方征伐に同行、正午は王国南部で魔族と戦闘、夕方には霊国で大儀式の警護。

早朝から夜遅くまで、予定はびっしりだ。

「明日も忙しいし、そろそろ寝なきゃ……」

本当はこのまま寝落ちするまで、小説を書きたかったのだが、聖女としての責務がある。

仕方なく部屋の明かりを消し、もぞもぞとベッドに潜り込んだ。

心地よい微睡が体を優しく包み込む中、ふと脳裏をよぎったのは、昔一緒に暮らしたムーンウルフ。

「……タマ、元気にしてるかなぁ……」

小さくて温かな獣肌を恋しく思いながら、そのまま夢の世界に落ちていくのだった。

――翌朝五時。

日が東の空を照らし出したその頃、ルナの眠りを覚ましたのは、けたたましいノックの音だ。

「聖女様、緊急の救援要請が入っております！」

「……うん」

もぞもぞと掛け布団から這い出た彼女は、ベッドの上でテディベアのようにちょこんと座る。

「場所は霊国南部のガランド森林！」

「……うん」

「敵は『不滅のマドゥア』率いる大軍勢、斥候の調べによれば、総数500を超えるとのこと！」

「……うん、それじゃ行ってくる」

「あっ、ちょっと……まだお召し物が!?」

未だ寝ぼけ眼の彼女は、クマさんパジャマを着たまま、〈異界の扉〉を展開――そのまま最前線に飛んだ。

「むっ、貴様が聖女ルナとやらか……？　寝間着で臨むとは舐めたも……ご、ふ……ッ」

「食料風情がッ！　図に乗るんじゃ……が、はぁ……ッ」

「はぁはぁ……に、逃げろ！　奴が来た！　もうすぐそこに……ぱがらッ!?」

聖女の力は凄まじく、人類の生存圏は急速に回復していった。

人間による反転攻勢を受け、魔族の間にはとある噂が広まる。

——人族には『白い悪魔』がいる、と。

まことしやかに囁かれるこの風説は当初、弱き魔族の戯言と掃き捨てられたのだが……ほどなくして同胞の三割が死滅。

この異常事態を受けて、人類への侵攻はピタリと停止した。

そうして人間の世界に平穏が訪れたある日、ルナは四大国の首脳が集う、王会議に招集された。

「——聖女よ、お主に頼みがある」

「大魔王の討伐、ですか？」

機は熟した。

そう判断した四大国の首脳陣は、人類の悲願である『大魔王討伐』を決めたのだ。

「出立は一週間後、それまでは英気を養い、ゆくりと準備を整えるがよい」

「はい、わかりました」

大魔王討伐の任を受けた後、ルナは自室に引き籠った。「少し集中したいので、一人にしてください」、そう短く言い残し。

彼女が部屋から出るのは、朝昼晩の食事と湯浴みのときだけ。

聖女の側仕えを任された五人の侍女たちは、ルナの私室の前で不安げな表情を浮かべる。

「聖女様、最近はずっとお部屋に籠られたままですね……」

「此度の標的はあの大魔王。聖女様とはいえ、それ相応の準備が必要なのでしょう」

「えぇ。おそらくは決戦の時に備えて、魔力を練り上げておられるのかと」

「聖女様、頑張ってください……！」

「私ども侍女一同、陰ながら応援しております！」

一方その頃、聖女様は――。

「……いや、違う。やっぱりここは伏線を張って……うん、こっちの方が絶対面白い！」

大魔王のことなど明後日(あさって)の方角へ投げ捨て、ただひたすらに物語の構想を――プロットを練り上げていた。

そうしてあっという間に時間は流れ、出発前夜。

ルナが作品の完成を急いでいると、コンコンコンとノックの音が響く。

「はい、誰ですか？」

「――聖女様、私です。ラインハルトでございます」

「ラインハルト……？」

扉を開けるとそこには、見知った顔が立っていた。

「うわっ、本当にラインハルトだ」

ラインハルト、14歳。

身長175センチ・濃紺のミディアムヘア・凜(りん)とした瞳、非常に目鼻立ちが整っている。

貧民街で生まれたため、両親はおらず、それゆえに家名もない。恵まれない背景を持ちながらも、腐らず曲がらず真(ま)っ直(す)ぐに育った男だ。

頑丈な体・正義の心・類稀な剣の才、聖騎士に志願した彼は、瞬く間に頭角を現し――大魔族を斬り伏せた武功を以って、退魔剣ローグレアを授かった麒麟児だ。

「珍しいね、王都にいるなんて。仕事は大丈夫なの？」

「はい。聖女様が大魔王討伐に出られると聞き、無理矢理に休暇を取って参りました。明日にはもう、ここを発つのですよね？」

「うん、そうだよ」

「いつ頃、お帰りになられるのでしょうか……？」

「さぁ、どうだろう。魔王を倒したらすぐに帰るつもりだけど、そもそも魔王城がどこにあるかもわからないんだよね。『外界』は地図がないから、〈異界の扉〉で飛べないし、今回はけっこう掛かりそうかも」

「そうですか、寂しくなりますね……」

外界は人類の生息圏の外に広がる世界の総称であり、魔族が支配するこの世の地獄と言われている。

風の噂によれば、大魔王は外界の果てにいるとのことだが……その真偽は定かではない。

「ちなみになのですが、明日の準備は……？」

「一応、必要なものは〈次元収納〉に入れたよ」

「路銀はお持ちになられましたか？」

「国王から10万ゴルドもらった」

「地図は？」

「ある」

「ハンカチは？」

「持った」

「旅先で知らない人に声を掛けられても、ほいほいと付いていってはいけませんよ？」

「頑張る」

「それから――」

質問の止まらないラインハルトを見て、ルナは思わず苦笑する。

「相変わらず、心配性だなぁ。きっとラインハルトは、いいお母さんになれるよ」

「聖女様、私は男ですよ？　母親にはなれません」

「前から思ってたけど、けっこう天然だよね……」

「てん、ねん……？」

ラインハルトのズレた感性は、三百年後の子孫――レイオス・ラインハルトにもしっかりと引き継がれている。

「っと、最後に一つ。これは敢えて聞くまでもないことかと思うのですが、念のため……地図はお読みになられますよね」

「大丈夫」

「そうですよね、失礼しまし――」

「――北は上でしょ？」

「……えっ……？」

ラインハルトの顔がピシリと固まった。

「今、なんと……？」

「いやだから、北は上だってば。……あれれ？　もしかしてラインハルト、地図を読むのが苦手だったりする？」

どこか勝ち誇った表情を浮かべる聖女様。

一方のラインハルトは、沈痛な面持ちで眉根を押さえる。

「……いいですか、落ち着いて聞いてください。地図上の方位記号を見れば、確かに北は上です。しかし、現実世界における方位は、御自身の立つ場所によって異なります」

「えっでも、北は上って習ったよ？　東は右で西は左、それでもって南は下」

「例えば、聖女様が東の方角を向いていた場合、北はどちらになるでしょう？」

「上」

まさに即答。

逡巡の暇さえ見せぬ、神速のアンサー。

それを受けたラインハルトは、慈愛に満ちた表情でコクリと頷く。

「正解です」

彼は諦めた。

この短期間で、ルナに方角を教えることは不可能。

これまでの経験から、そう判断したのだ。

「ときに聖女様、パーティを組む予定はございますか？」

「うぅん、ないよ」

「絶対に組んでください。一も二もなく、信頼できる人を探し、パーティを組むべきです」

「どうして？」

不思議そうな表情で、コテンと小首を傾げるルナ。

その純粋無垢な視線を受け、ラインハルトは思わず目を逸らす。

「それは、その……聖女様はいろいろと残念な御方なので……」

「ざ、残念……っ。あなた今、残念って言った!?」

「申し訳ございません、これでも言葉を選んだのですが……ッ」

「最悪のチョイスだよ!?」

アホ毛をいきり立て、お冠な様子の聖女様。

しかしラインハルトは決して引かず、何故パーティを組むべきかを懇切丁寧に説明する。

「っというわけで、聖女様のお世話係……コホン、失礼。信頼できるパーティメンバーを見つけるべきかと具申します」

「今の言い間違え、絶対に『失礼』の一言じゃ流せないからね？」

聖女様はジト目で睨(にら)みつつ、ラインハルトの話に一定の理解を示す。

「まぁ……パーティを組む意味は、なんとなくわかったよ。けどさ、それならラインハルトでよくない？　私のこと知ってくれてるし、けっこう強いし、家事も上手だし」

二人は同い年ということもあって、話す機会が多かった。そして何よりルナは知っている。ラインハルトが清く正しい心の持ち主であることを。

「ありがとうございます。しかし私は王国の聖騎士、市民を守る責務があるので、同行することはできません」

「そっか、残念」

その後、他愛もない雑談に花を咲かせていると、掛け時計がボーンボーンと鳴り出した。

「っと、もうこんな時間ですか。すみません、長々と話し込んでしまいました」

「うぅん、気にしないで」

「聖女様の御武運、陰ながら祈っております。――おやすみなさい」

「ありがと、おやすみ」

ラインハルトと別れたルナは、扉をガチャリと閉め、先ほどの話を反芻(はんすう)する。

「私のパーティ、聖女のパーティ、聖女パーティ……。うん、ちょっとかっこいいかも！」

そんなことを考えながら、作業机に戻るルナ。

「さて、まずはこの小説を完成させなきゃ……！」

時は進み、深夜三時。

「……で、できた……っ」

充実感と達成感の滲(にじ)む呟(つぶや)きが、小さな口からポツリと零(こぼ)れる。

「うわぁ、凄(すご)い凄い凄いっ！　私が書き上げた、初めての小説……！　すっっっごく面白い！　これは一億部……いや、一兆部はいける！」

跳ねるように椅子から立ち上がったルナは、小さな子どものように目を輝かせ、ノートを両手で握り締めたまま、クルクルと部屋の中を回る。

そうしてひとしきり喜んだ後、当然のようにせり上がる――承認欲求。

「……どうしよう、感想がほしい……っ」

自分の書き上げた作品を誰かに読んでもらいたくなった。

自分の紡ぎ上げた世界を共有し、たっぷりと褒めてもらいたくなった。

「最初の読者は……やっぱりラインハルトかな？　いやでも、面と向かって読まれるのは、ちょっと恥ずかしいかも……っ」

認知欲と羞恥心の板挟みに遭い、悶々(もんもん)とした思いを抱えていると、

「……そうだ、いいこと思い付いた！」

自慢の聖女脳(ブレイン)が、またよからぬことを思い付く。

「まずはこの傑作を机の引き出しにしまって、聖女っぽいメッセージを近くに書き残す。えーっと、『あなたが道に迷ったとき、この書を読んでみてください。きっと導きとなるでしょう』……うん、いい感じ！」

赤いノートの隣に意味深な書き置きを添え、引き出しをゆっくりと閉める。

「後はすこーし弱めの封印魔法を掛けて——完成！」

自分が大魔王討伐に出ている間、おそらく侍女たちがこの部屋の掃除をする。

彼女たちの仕事は完璧であり、すぐに『開かずの引き出し』が見つかるだろう。

聖女の封印魔法で隠されたナニカ、嫌でも興味をそそられる。

敢えて脆弱に施したその封印は、宮廷魔法士に解かれるか、時間経過によって消失するか。いずれにせよ、封は破られる。

引き出しを開けるとそこには一冊のノートがあり、隣には『あなたが道に迷ったとき、この書を読んでみてください。きっと導きとなるでしょう』という聖女っぽいメッセージ。

当然、手に取り、中を見る。

「するとそこには、超ド級のおもしろストーリーが……！」

ページをめくる手は止まらず、時間を忘れて読み進み、あっという間に読了。

初めての読者が掃除をした侍女になるか、封印魔法を解いた宮廷魔法士になるか、国の長たる国王になるか、それは誰にもわからない。

ただ、甘酸っぱい恋物語に心打たれた読者は、他の人にも小説を勧めて回り……ルナの小説によって、王国全土が熱狂に包まれる——という作戦だ。

「ふふっ、楽しみだなぁ！　大魔王を倒して、王国に戻ったら、私は超人気作家……！　あっそうだ、今のうちにサインを考えておかなきゃ！」

この悪しき目論見は、最初の第一歩で躓くことになる。

結論から言えば、封印魔法が強過ぎた。

ルナが大魔王討伐に出た後、侍女たちは開かずの引き出しを発見し、国王に報告。

王国最強の宮廷魔法士が、封印の解除に動員されたのだが……まるで歯が立たなかった。

ルナは聖女。

手加減に手加減を重ねた魔法でも、その効果は人の領域を容易く踏み越える。

その結果、聖女の力で守られた赤いノート――通称『赤の書』は長きに渡って埃をかぶり、聖滅運動の惨禍を逃れ、遥か後世まで引き継がれていった。

そして三百年後、

【わ、私の黒歴史が……世界中に晒されている……!?】

運命的な出会いによって、凄惨な悲劇が起きるのだった。

■

迎えた翌朝、聖女出立の日。

旅のはじまりは、王都の中央通り。

儀仗隊が二列に分かれて花道を作り、宮廷楽団が晴れやかな演奏を披露し、聖歌隊が透明な美声を響かせる。

聖女の出立を祝うこの祭典には、世界中から多くの人々が詰め掛けた。

「聖女様、どうかご無事で……！」

「大魔王の野郎をやっつけてください！」

「せいじょさまー、がんばれー！」

割れんばかりの歓声と大気を震わす万雷の拍手。

熱烈な見送りを受けたルナは、慈愛の微笑み（ほほえみ）を浮かべ、小さく手を振り返す。

一見すれば、完璧な『聖女ムーブ』のように見えるだろう。

しかし、心の中では――。

（みんなの気持ちは嬉（うれ）しいけど……うぅ、頭が痛い。お願いだから、もうちょっと静かにしてぇ……っ）

ほぼ徹夜で小説を書き続けたため、体調（コンディション）は最悪。

人類の希望を託されたルナは、必死に欠伸（あくび）を噛み殺しながら、大魔王討伐の旅に出るのだった。

それから一時間後、

「……ここ、どこ……？」

深い森のど真ん中に人類の希望がいた。

「あれ、おかしいなぁ……」

聖女様、重度の方向音痴。

王国を出てしばらくは、既定のルートを進み、しっかりと北上できていたのだが……。

美しい蝶々や格好いい木の棒に惹かれ、あっちへふらふらこっちへふらふら。

その結果、どこに出しても恥ずかしくない立派な迷子が出来上がった。

「北は上だから……あっちかな」

地図を片手に歩き続けること三時間、鬱蒼とした木々の隙間から明るい光が見えてきた。

「あっ、あった……！」

森を抜けた先に小さな街を発見。

そのままトットットと小走りで進み、あっという間に到着。

「ここが、『ベリドクス』……？」

ルナは眉毛を曲げ、小首を傾げる。

ベリドクスは帝国有数の大都市。

しかし、目の前に広がる街並みは、些か落ち着いていた。

決して田舎というわけではない。

市場には新鮮な肉や野菜が並び、露店には伝統の工芸品が置かれ、武具屋には剣や盾が飾られている。

通りにも人はたくさんおり、敢えて耳を澄まさずとも、家族連れの楽しそうな会話や賑やかな呼び込みの声が聞こえてくる。

ただ、ここが『帝国有数の大都市か？』と問われれば……返答に窮するところだ。

「……んー……？」

釈然としない気持ちを抱えたルナは、近くの守衛らしき人に声を掛ける。

「すみません、少しお聞きしてもいいでしょうか？」

「おぅ、どうした嬢ちゃん？　なんでも聞けや」

気のいい守衛はそう言って、ニッと武骨な顔を緩ませた。

この軽い対応からして、ルナが聖女だと気付いていないらしい。

しかし、それも無理のないことだ。

ルナは朝から晩まで戦地を飛び回り、一日中ひたすら魔族と戦い続ける。

さらに彼女は、根っからのインドア派。たまの休みは自室でゴロゴロしながら、大好きな悪役令嬢の小説を読み耽るのみ。

市井に顔を出すことはほとんどなく、聖女の名前だけが独り歩きしている状況。

最前線の聖騎士や大国の重鎮、もしくは世話係の侍女でなければ、聖女としてのルナを見ることはない。

「この街って、ベリドクスですよね？」

「いいや、ここはアルバス帝国モーマン領だ。ほれ、あの看板にも書いてあるだろ？」

彼が指を向けた先、関所の看板には「ようこそモーマン領へ」とあった。

「そ、そうですか……ありがとうございます」

ルナは感謝の言葉を述べ、がっくりと肩を落とす。

国王からもらった地図を再確認したところ、現在地のモーマン領は帝国南部の街、目的地のベリドクスは帝国北部の街。

「北と南……真逆だ。はぁ、どこで道を間違えたんだろう……?」

大きなため息を零した後、ぶんぶんと頭を振って、気持ちを切り替える。

「でもまぁ、最近は魔族もほとんど出ないし? 諸国漫遊も聖女パーティのお仕事だよね!」

彼女が街中を進んでいくと、背後から野太い声が響く。

「っとそうだ、嬢ちゃん! 今日はウィザーってお偉いさんが、帝都から来るみてぇだから、あんまりウロウロしねぇ方が……って駄目だ。もう聞こえてねぇな、ありゃ」

お節介焼きな守衛はそう言って、ガシガシと後頭部を掻くのだった。

一方その頃、人混みに紛れながら中央通りを歩くルナは、物珍しそうにキョロキョロと周囲を見回す。

「こういうのって、なんか久しぶりだなぁ……」

彼女は世界各地を飛び回ってきたが、いつだってそこは血と死に塗れた戦地。

今みたく平和な街をゆっくりと巡るのは、そう中々あるものではなかった。

そのまましばらく歩き続けていると、腹部からグーっと音が鳴る。

「……お腹空いたな。何かおいしそうなものは……あっ」

ちょうど目と鼻の先に、落ち着いた雰囲気の甘味処があった。

パッと見たところ、団子を主力としているらしい。

古い民家を改築した小さな店で、客の入りは『まぁまぁ』と言ったところだ。

「ふふっ、こういう昔っぽい感じのお店が、実は大当たりだったりするんだよね」

聖女様、甘いモノが大好き。

まるで吸い込まれるように、甘味処へ入っていった。

一人用の席に通された彼女は、お品書きに目を通す。

（うわぁ、どれもおいしそう……！）

多種多様なお団子に心を躍らせつつ、頭の中でお金の計算をする。

（今の私には、国王からもらった10万ゴルドがある。予算は十分、お腹はぺっこり。そしてなんと言っても今日は、記念すべき旅立ちの日。ちょっとぐらい贅沢しても、バチは当たらないよね……？）

ルナは意を決して、店員に声を掛ける。

「──すみません、三色団子とみたらし団子とよもぎ団子、後あんこ餅とお汁粉、それからこの『デラックスいちご大福』もお願いします！」

「は、はい、かしこまりました……！」

十分後、

「うわぁ……！」

机の上に並ぶのは、色鮮やかなお団子の数々。

ルナは子どものように目を輝かせながら、パチンと両手を合わせる。

「いただきます！」

まず最初は三色団子。

「んーっ、おいしい！」

ルナがお団子カーニバルを満喫していると、店の入り口がにわかに騒がしくなった。

「——んだと、払えねぇってか!?」

ドスの利いた男の低音が響き、

「も、申し訳ございません……っ」

老齢の女店主が深々と頭を下げる。

店内が一瞬にして凍り付く中、男は周囲の客を気にする素振りもなく、怒声を張り上げる。

「ここモーマン領で商売したきゃ、モーマン商会(うち)にみかじめ料を払う。こんなの常識だよなぁ……なぁ!?」

「仰る(おっしゃ)通りでございます。ただ、うちにはもう本当にこれだけしかないんです」

「んなもん知るか！　ガキの小遣いじゃねぇんだぞ？　こんな端金(はしたがね)で引き下がれるわけねぇだろ！」

男が乱暴に手を振り払うと、女店主の用意したなけなしのお金が、チャリンチャリンと飛び散った。

あまりにも強硬的かつ暴力的な振る舞い。

見かねた客の男が、もはや我慢ならぬといった風に立ち上がる。

「お、おいちょっと待てよ！　あんたらモーマンの人間が、どれだけ偉いってんだ!?　いくらなんでもやり過ぎじゃ――」

「馬鹿、やめとけ……っ。あいつらに楯突いたら、ここじゃ生きていけねぇぞ！」

「で、でもよぉ……ッ」

「いいから黙って座っとけ！　お前にも家族がいるだろう！」

相手はこの街の悪徳領主モーマンの息が掛かった人間。

逆らえばどんな目に遭わされるか、想像に難くない。

「……くそっ」

男は悔しそうな顔で椅子に座り、せめてもの抵抗として、無言のままにジッと睨み付けた。

そんな彼の動きに同調して、理不尽な弾圧に苦しむ他のお客たちも、精一杯の反抗を視線だけで行う。

「「「……」」」

無言の圧を受けたモーマンの人間は、大きな舌打ちを鳴らした。

「おいてめぇら、さっきからなにジロジロ見てんだ……あぁ!?」

彼が睨みを利かせれば、一般のお客たちはサッと視線を逸らす。

重苦しい空気が流れる中、

「はむ、はむ……っ（三色団子の優しい味、みたらしの甘辛いタレ、よもぎの新鮮な風味、もうどれも最高……！　やっぱりこの店、大当たりだ！　魔王を倒したら、もう一度来ようっと！）」

自分の世界に入り込んだルナは、ニッコニッコの満足顔で、お団子を頬張り続けた。

「……ちっ」

自分が凄んで見せたにもかかわらず、それをガン無視して団子を貪り食う少女。

その無邪気な振る舞いが、男の神経を逆撫でする。

「おいクソガキ、てめぇいつまで呑気に食ってんだごらぁッ！」

彼が荒々しく机を蹴り上げると、その衝撃でいちご大福が宙を舞う。

「あっ」

大粒のいちごが丸ごと入ったそれは、重力に引かれて地べたへ落下。そこへ間髪を容れず、小汚いブーツが踏み下ろされる。

「俺ぁモーマン商会のダッツ、この街の『顔役』の一人だ。あんまり舐めた態度を取ってっと、ガキであろうが容赦しねぇぞ？」

ダッツはそう言って、足元の団子をグシャグシャと踏み躙る。

「……ぁ、あぁ……っ」

聖女様。

大好物は一番最後まで残しておく派。

ダッツが踏み付けにしているそれは、ルナが楽しみに楽しみに取っておいた、団子カーニバルのシメの一品だ。

「おら、わかったらとっとと消えな」

彼は吐き捨てるように言い放ち、クルリと踵（きびす）を返す。

しかし次の瞬間、

「……ねぇ」

店が――否、街が――否、大地が――否、世界が揺れた。

「私のいちご大福……どうしてくれるんですか？」

幽鬼のようにユラリと立ち上がるルナ。

普段彼女はその強大過ぎる魔力が、周囲に悪影響を与えないよう、自身に〈魔力探知不可（ヒドゥン・マジック）〉を課しているのだが……。

いちご大福の恨みによって、もはやその制限は崩壊寸前。

モーマン領を吹き飛ばす威力の大魔力（ばくだん）が、今にも破裂しそうなほどに膨れ上がっていた。

（な、なんだこいつ……っ。ガキの癖に妙な『圧』があるぞ……!?）

静かな怒りを燃やすルナが一歩前に踏み出すと、ダッツの背後に控える二人の巨漢が動き出す。

「おいおいお嬢ちゃん、うちの雇い主になんか文句でもあんのかぃ？」

「げっへっへ、痛ぇ思いをする前に、お家へ帰った方がいいぜぇ？」

丸太のような太い腕がヌッと伸び、ルナの頭を鷲掴み（わしづかみ）にせんとする。

しかし、

「邪魔です」

彼女が右手を軽く薙（な）いだその瞬間、途轍（とてつ）もない烈風が吹き荒れ、

「ご、ぉ……っ」

「が、はぁ……ッ」

モーマン商会の私兵二人は、仲良く揃（そろ）って壁にめり込んだ。

「おい、何をやっている!?　お前たちにいくら払ってると思ってるんだ！　しっかり仕事をしやがれ！」

ダッツが必死に声を掛けるが、返事は一向にない。

男たちは完全に気を失っているようだ。

そうこうしている間にも、ルナは無言のままに一歩また一歩と距離を詰める。

「こ、このクソガキ……！　大人を舐めんじゃねぇぞッ！」

いきり立ったダッツは、懐から短剣を抜き放つ。

特殊な形状をしたそれは毒剣。大型の魔獣でさえ卒倒する猛毒が、刀身にべっとりと塗られている。

「死ねやぁあああああああ……！」

けたたましい雄叫(おたけ)びをあげ、大上段に掲げたそれを力いっぱいに振り下ろす。

しかし、

「なっ、え、はっ!?」

虎の子の毒剣は、親指と人差し指で優しく摘(つ)まれ、そのままヒョイと没収されてしまった。

「こんなおもちゃで、何をするつもりですか？」

ルナは猛毒の塗られた短剣を掌(てのひら)に載せると、まるで団子でも捏(こ)ねるかのように丸めていき――両手を開くとそこには『綺麗なビー玉』があった。

「ひ、ひぃいいいいいいいい……!?」

人間離れした腕力を見せ付けられたダッツは、なんとも情けない悲鳴をあげながら、店の出口へ走り去る。

横開きの扉を乱暴に開け放つとそこには、領主モーマンと彼に仕える大勢の手下がいた。

「――そうだ、お前たちA班はそこで整列し、花道を作れ。B班、演奏の準備は……よし、問題ないな」

彼らは現在、大貴族を迎える歓迎式典、その最終調整を行っていた。

「も、モーマン様……ちょうどいいところに！　どうかお助けください！」

「……ダッツ、こんなところで何を騒いでおるのだ。今宵(こよい)は帝都より、ウィザー公爵がいらっしゃる。貴様に構っている時間はない」

「待ってください！　あの小娘がとんでもねぇ化物で、うちの私兵が一瞬でやられちまったんです！」

「なに……？」

ダッツが指さした先――甘味処の壁には、見覚えのある巨漢が二人、現代アートのように突き刺さっていた。

（この小さな娘が、あいつらを……？）

モーマンの眉間にグッと皺が寄る。

「そこの娘、事情はよく知らぬが……。我が領内での暴力行為、とても見過ごせるものではない。禁固五年とする」

唐突に言い渡された禁固処分。

ルナが反応するよりも早く、甘味処にいた客たちが声をあげる。

「ちょ、ちょっと待てよ！　先に手を出したのは、そっちだろうが！」

「こんな小さい女の子に禁固五年!?　ふざけんじゃねぇ！」

「そうだそうだ！　いくらなんでも横暴だ！」

「毎月毎月、無茶なみかじめ料を要求しやがってよぉ！」

「俺たちはお前らの所有物じゃねぇんだぞ！」

猛烈な抗議を受けたモーマンは、「やれやれ」といった風に頭を振る。

「偉大なる領主に対して、なんと無礼な口の利き方を……不敬罪だ。お前たち全員、禁固十年とする」

「「「なっ!?」」」

「何を驚いている。当家は皇帝陛下より、モーマンの爵位名とこの領地を任された貴族だぞ？　私に楯突くことはすなわち、皇帝陛下に唾吐くも同じ。禁固十年という処罰は、恩情に恩情を重ねたものだ」

モーマンは肩を揺らして嗤い、領民たちは悔しそうに口を噤む。

帝国は貴族制、権威主義の縦社会。

上位者への反抗は御法度であり、これに違反すれば、厳しい処罰が下される。

「さぁ、この反逆者共をひっ捕らえよ」

モーマンが指を鳴らすと同時、彼の部下が一斉に動き出した。

（……これは、ちょっと困ったかも……）

尋常ならざる事態を受け、ルナの沸騰した頭がクールダウンする。

（このモーマンとかいう人、権力を振りかざすタイプだ。こういう手合いは口ばっかりで、やっつけるのは簡単だと思うけど……。その場合、私が街を去った後、領民の人達がターゲットにされてしまう）

聖女脳を最高速で回転させ、なんとかこの難局を打破する方法を探るが……浮かんでくるのは、碌でもない案ばかり。

（うぅ、どうしよう……っ）

ルナが本格的に頭を抱えたそのとき——街の正面口から、豪奢な馬車がやってきた。

軍馬ヴァロスコーンが引くそれは、中央通りを気持ちよさそうに快走する。

しかしその直後、御者が大慌てで馬を止めたかと思えば、客車の扉が勢いよく開け放たれた。

そこから現れたのは、煌びやかな貴族服に身を包んだ男。

「おぉ、やはり……！」

会心の笑みを浮かべた彼は、ルナのもとへ駆け寄り、深々と頭を下げる。

「もしやと思いましたが、ルナ様ではございませんか！」

「あれ、お久しぶりですね、ウィザー卿」

ヨハネス・ウィザー、30歳。

身長185センチ、細く引き締まった体には、鍛え抜かれた針金のような筋肉。

アイボリーの長髪は後ろで纏められ、額に掛かる長い毛束が耳目を引く。

彼は大貴族ウィザー家の当主であり、皇帝が殊更に信を置く『三本刀』の一振りだ。

「まさかこんなところでお会いできるとは……なんという僥倖！」

ウィザーは懐から白銀の十字架を取り出し、その場で祈りを捧げ始めた。

彼は熱心な——否、熱狂的な聖女の信奉者。

ルナという存在を神格化し、彼女の全てを是とする。

信仰が強過ぎるあまり、過激な行動に走るときもあるが……『帝国の良心』と呼ばれるほどの人格者であり、領民からの絶大な信頼を得ている。

（ウィザー卿、悪い人じゃないんだけど、相変わらず癖が強いなぁ……っ）

ルナが困り顔で頬を掻いていると、聖女への祈りを終えたウィザーが、不思議そうに小首を傾げる。

「ときにルナ様は、何故このような田舎街に……？　外界へ向かうルートから、大きく外れているように思うのですが……」

「えっ!?　あー、いやそれは、その……コホン。実はこの街には、大切な所用があるのです」

「左様でございましたか。もしも道に迷われているのでしたら、正規のルートへご案内せねばと思ったのですが……。ははっ、まさかルナ様ともあろう御方が、迷子になられるはずもないでしょうに！」

「あ、あは、あはははは！　まさか、そんなわけないじゃないですかぁ！」

ルナは冷や汗をダラダラと流しながら、無理矢理作った笑顔でぎこちなく笑う。

彼女にも聖女としての見栄がある。

地図を片手に迷い歩いた結果、よくわからない街に辿り着いた、とはさすがに言えなかった。

ルナとウィザーが仲睦まじく話をしている間、モーマンの心はまったく穏やかではなかった。

「あ、あの……ウィザー公爵？　この小娘とお知り合いなのですか……？」

その瞬間、ウィザーの目が鋭く尖る。

「『小娘』、だと……？　口を慎め、モーマン伯爵。この御方をどなたと心得る？」

「も、申し訳ございません……っ」

さっきまでの傲慢な態度はどこへやら……。

モーマンは揉み手をしながら、ヘコヘコと何度も頭を下げた。

「しかし……この異様な空気はいったい？　ルナ様、ここで何か事件でもあったのですか……？」

ウィザーの問いを受け、ルナは深刻な表情で頷き、現状を簡単に説明する。

「実は……楽しみに取っておいたいちご大福が、踏み付けにされてしまいまして……」

「い、いちご……だいふく……？」

一瞬、キョトンと目を丸くしたウィザー。

しかし、その顔は見る見るうちに赤く染まる。

「な、なんと不敬な……ッ」

激情に駆られた彼は、腰の剣を勢いよく抜き放つ。

「モーマン、そこへ直れ！　私が手ずから処分を下してやる！」

「お、お待ちください。これには深い訳があるのです……！」

「問答無用！」

「ひぃ……っ」

モーマンは情けない声をあげながら、大勢の部下たちへ助けを求めるが……。

誰一人として、その手を取る者はいない。

それもそのはず、帝国は貴族制、権威主義の縦社会。

ウィザーは帝都の大貴族、モーマンは地方の中位貴族。

どちらが上位者であるかは、敢えて比べるまでもない。

ウィザーへの反抗はすなわち、皇帝への反逆に同じ。

まさに因果応報。

これまで何十年と領民へ行ってきた弾圧が、自分のもとへ跳ね返って来たのだ。

（くそ、なんなんだこれは……っ。何故、ウィザーがこれほどまでに肩入れする!?　この小娘はいったい何者なのだ……!?）

まったく状況が摑めず、前後不覚に陥るモーマン。

そこへルナが声をあげる。

「ウィザー卿、私のいちご大福を踏み潰したのは、この人じゃありません。あそこで逃げようとしている男です」

ルナの訂正を受け、ダッツの顔が真っ青に染まる。

「そうでしたか。しかし、領民の失態は領主の責、然るべき罰は必要です。――あぁ、御心配には及びません。ルナ様へ狼藉を働いたあの愚か者にも、同様の処分を下します」

ウィザーがパチンと指を鳴らせば、彼の護衛を任された聖騎士が動き出し、モーマンとダッツを荒々しく組み伏せた。

些か暴走気味に映る行為だが、決してこれは暴挙ではない。

帝国憲法第三条一項：帝国へ国難を招いた者は、死刑に処する。

聖女への敵対行為はまさしくこれに該当し、公爵以上の極々限られた大貴族には、執行権が与えられているのだ。

「さぁモーマン、大人しく頭を垂れろ。せめてもの情けだ。痛みなく送ってやる」

「……っ（マズいぞ、これは本当にマズい。ウィザーは血も涙もない、徹底的な合理主義者。こいつは殺ると言ったら、本当に殺る男だ……ッ）」

ウィザーに恩情を請うたとて、それが届くことは決してない。

そう判断したモーマンは、素早く標的を切り変える。

「る、ルナ様……。此度の御無礼、本当に……本当に申し訳ございません……っ。貴方様への横柄な言動、領民への高圧的な態度、全て私の不徳の致すところ。今後は身の振り方を考え、一から出直す所存でございます。ですからどうか、どうか命だけは……ッ」

彼は顔をぐしゃぐしゃにして、大粒の涙をボロボロと零す。

どこからどう見ても、わざとらしい泣き落としだが……。

純粋で心優しいルナは、これを真に受けてしまう。

「ウィザー卿、少し落ち着いてください。さすがにこの場ですぐ死罪というのは、些か行き過ぎのように思います」

「し、しかし……っ。いちご大福はルナ様の大好物、それを足蹴にするなど、万死に値する行い！」

「はい、確かに重罪です。ただ、本人も深く反省しているようですし、あまりに過激な処罰は人心の委縮を招くかと」

「……嗚呼、なんと寛大な御心……っ」

　聖女を心酔しているウィザーは、その慈悲深き判断に心を震わせ、振り上げた剣を鞘に納めた。

「あ、ありがとうございます、ありがとうございます……っ（ふははは、やはり小娘は御しやすい！　ちょろっと涙を流せば、一発でコロリよ！）」

　聖女の純心を利用し、九死に一生を得たモーマンは、腹の内で大笑いをする。

　しかし、ウィザーはその下卑た心を見逃さない。

「では……本件は皇帝陛下に上申し、帝国憲法に則って、然るべき処置を取っていただく。このような処置でいかがでしょう？」

「んなっ!?」

『逆転無罪』から一転し、問答無用の『死刑判決』。

　モーマンの顔から血の気が引いた。

（ふ、ふざけるなよ、ウィザー……ッ。あのギロチン皇帝に判断を求める？　そんなもの、死刑宣告と同じだろうが……!?）

彼はこれでも帝国貴族の端くれであり、皇帝がどのような人間なのかよぉく知っている。

しかし、帝国事情に疎く、皇帝のことをそこまで深く知らないルナは、

「はい、それでお願いします（皇帝陛下、けっこう無茶苦茶な人だったけど……。まぁ帝国領内での問題は、帝国の法律で裁くのが自然だよね？）」

あっさりとウィザーの案を了承してしまった。

（……マズい、マズいマズいマズい……ッ）

いよいよ後がなくなったモーマンは、地べたに額を擦り付け、最後の命乞いをする。

「うぃ、ウィザー公爵！　私にできることでしたら、どのようなことでも致します！　ですからどうか、どうかご容赦を……ッ」

全身全霊を懸けた、本気の泣き落とし。

だが、海千山千の帝国社会を渡り歩いてきたウィザーに、そのような三文芝居が通じるわけもなく……。

氷のように冷たい目をした彼は、モーマンだけに聞こえるよう、小さな声で耳打ちをする。

「聖女様に無礼を働いた挙句、彼女の純心を弄ぶ愚行……っ。ルナ様がお許しになっても、この私が絶対に許さない」

「せ、聖女様……!?」

その瞬間、全てに合点がいった。

（くそ、そういうことか……ッ）

異様に怯えた様子のダッツ。

壁に埋め込まれた腕利きの私兵二人。

嬉々として頭を下げる大貴族ウィザー。

このルナとかいう小娘が、正真正銘の聖女であるのならば、全て辻褄が合う。

「さぁモーマン、帝都へ赴き、陛下の沙汰を受けるとしよう。運がよければ、炭鉱送りで済むかもしれんぞ？」

「は、はは……終わった……っ」

悪徳領主モーマン伯爵はがっくりと崩れ落ち、彼の圧政に苦しめられた領民たちは、歓喜の声をあげるのだった。

■

ウィザーと別れ、モーマン領を出たルナ。

彼女は今度こそ外界に向けて北上――することはなく、真っ直ぐ綺麗に南下し、深い森の中へ入っていった。

先ほどと同じ過ちを繰り返しているようにも思えるのだが……今回の聖女様は一味違っ

た。

「よしよし、いい感じ！　この森を抜ければ、いよいよ帝国の大都市ベリドクスだ！」

彼女は自信に満ち溢れていた。

ありもしない手応えを感じていた。

まさかまた自分が道に迷っているなど、これっぽっちも思っていなかった。

手元の地図を凝視しているため、『危険』・『魔獣注意』・『立ち入り禁止』の看板にまったく気付かず、鬱蒼とした木々の狭間へ吸い込まれていく。

一日後、

「う、ん……？　もうそろそろ着いてもいい頃だと思うけど……」

二日後、

「お腹空いたな。……あれ、この木さっきも見たような？」

三日後、

「……なんで、どうして……」

ルナはまだ、濃霧が立ち込める森の中を彷徨い歩いていた。

「〈異界の扉〉は……駄目だ、やめておこう」

〈異界の扉〉は異なる二点の座標を繋ぐ魔法。自身の正しい位置情報がなければ、きちんと効果を発揮しない。

最悪、どこか適当な場所に扉を開くという手もあるが……。

その場合、本当にどこへ飛ぶのかわからない。

噴火口の中・遥(はる)か地の底・光届かぬ深海――これぐらいで済めば、まだ可愛(かわい)いものだろう。下手をすれば過去や未来へ飛んでしまい、二度とこの時代へ帰って来られないかもしれない。

適当に〈異界の扉(ゲート)〉を開くのは、本当の本当に最後の手段だ。

五日後、

「……土って食べられるのかな……？」

腹ペコな聖女様が、人として大切なナニカを失い掛けたそのとき、

「こ、このにおいは……!?」

食欲をそそる芳(こう)ばしい香りが、彼女の鼻腔(びこう)をくすぐった。

「くんくん、くんくん……っ」

聖女鼻(ノーズ)をひくつかせながら、バババッと周囲を見回す。

「――あそこだ！」

おいしそうなにおいの元は、遥か前方にそびえ立つ祭壇、その頂上からだった。

ルナが地面を蹴り付ければ、その速度は優に音を越え、祭壇の頂上へ到着。

するとそこには、分厚いステーキ肉・新鮮で瑞々(みずみず)しい果物・色とりどりの野菜が並んでいた。

「うわぁ……！」

子どものようにキラキラと目を輝かせ、口の端から一筋の涎（よだれ）が垂れ落ちる。

何故（なぜ）か放置されている豪華な食事、本来ならば、怪しんで然るべき状況なのだが……。

極度の飢餓状態により、大きく削（そ）がれた思考能力。視界は狭窄（きょうさく）に狭窄を重ね、もはや目の前の料理しか見えていない。

ルナはその場にペタンと座り込み、礼儀正しく両手を合わせた。

「――いただきます！」

ガツガツ、バクバク、ムシャムシャ。

何者かが用意した謎の料理を一心不乱に口へ運び、あっという間に完食する。

「――ごちそうさまでした」

命の恵みに感謝し、食後の挨拶。

「ふぅ、おいしかったぁ……っ」

なんとも幸せそうな表情で、お腹をあたりを擦（さす）る聖女様。

「そう言えば……なんか勢いで食べちゃったけど、これって誰のごはんなんだろう？」

空腹状態から回復したことで、平時の思考が戻り、狭まった視界が開けていく。

「んー……？」

よくよく見れば、祭壇の周りには、百体を超える魔族の軍勢。

さらに目を凝らせば、白い鳥の獣人が雛鳥（ひなどり）の獣人を庇（かば）いながら戦っていた。

「うわぁ、綺麗……」

ルナの眼下で双剣を振るうは、世にも珍しい白烏の獣人。

宝石のような真紅の瞳・体を覆う純白の羽・大きくて立派な嘴、その美しい姿に思わず見惚れてしまう。

（それに……けっこう強いかも。単純な魔力なら、今まで見た中でもトップクラス。多分、退魔剣を抜いたラインハルトと同じくらい、かな？）

白烏の獣人は雛鳥を背中に庇いながら、魔族の大軍勢と互角以上の戦いを演じていた。

「よくわからないけど、きっと助けた方がいいよね？」

ルナが拳を握り締めた次の瞬間、凄まじい怒声が響き渡る。

「──貴様等、よくもボルーグ様への捧げものをッ！」

いつの間に忍び寄っていたのか、彼女の背後に巨大な魔族が現れ、白烏の獣人が大きな声を張り上げる。

「危ない！　後ろだッ！」

「え？」

ルナが振り返ると同時、魔族の巨腕が振り下ろされた。

途轍もない衝撃波が吹き荒れ、古びた祭壇は木端微塵に粉砕される。

「くそ、遅かったか……っ」

心優しき獣人がグッと奥歯を嚙み締めていると、

「──もう、ビックリするなぁ」

山積みとなった瓦礫の下から、無傷のルナがひょっこりと出てきた。

「「「……はっ……？」」」

あり得ない現象に戦場が凍る中、まるで魔法のように彼女の姿が消えた。

その直後、巨岩を砕いたかのような轟音が連続する。

「な、なんだ……!?」

獣人が音の出所へ目を向けるとそこには、魔族の遺骸が飛び散っていた。

頭部が弾け飛んだ者・胸に風穴を開けた者・原形を留めていない者、百はくだらない魔族たちが、見るも無残に死滅している。

（いったい何が起こっているのだ……!?）

混沌とした状況に理解が追い付かず、驚愕に目を見開いていると、背後から優しい声が掛かった。

「――あの、大丈夫ですか？」

「……っ!?」

反射的に後ろへ跳び下がり、素早く剣を構える。

（この俺が、背後を取られた……!?）

目の前にいるのは、若い人族の娘。

素人同然の構えは、控えめに言っても隙だらけ。

しかしその手は、魔族の鮮血で濡れている。

あの大軍勢を瞬きの内に葬り去ったのは、彼女の仕業と見て間違いない。

（魔族を仕留めたのは素手、おそらくは白打による攻撃だ。肉体強化の魔法……いや、魔力はまったく感じなかった。だが、おかしい、物理的にあり得ない。あの小さな体のどこに、そんな馬鹿げた力が……!?）

混乱の極みに陥った獣人が、ルナの顔をジッと見つめていると、彼女は不思議そうにコテンと小首を傾げる。

「えっと、私の顔に何かついていますか……？」

「あ、あぁ……すまない。少しボーッとしていたようだ」

相手に敵意がないことを悟った獣人は、スッと構えを解き、二振りの剣を鞘に納めた。

「何者かは知らんが、助けられてしまったな。感謝するぞ、人族の娘よ」

彼が礼を言うと、ルナは「いえいえ、どうかお気になさらず」と微笑む。

「我が名はゼル・ゼゼド、アウィス族の剣士だ」

「私は聖女ルナ、大魔王を倒すために旅をしています」

聖女ルナと大剣士ゼル。

遥か後世に英雄として名を残す二人は、運命の出会いを果たすのだった。

あとがき

読者の皆様、『断罪された転生聖女は、悪役令嬢の道を行く！』をお買い上げいただき、ありがとうございます！

作者の月島秀一です。

早速ですが、本編の内容に触れていきましょう。

本作は三百年後の世界に転生した最強の聖女様が、大好きな小説に出てきた『悪役令嬢』を目指す物語。ルナは根っからの善人なので、ボーッとしていると、すぐ聖女ムーブに走ってしまいますが……。おそらく今後、悪役令嬢レベルが上がるにつれて、きっとそれっぽい行動が取れる……はず！（あまりにも善性が高過ぎる＆本人が相当なポンコツなので、前途は中々に多難な模様）

そしてこの作品は、本編で転生した聖女様の物語を描きつつ、巻末には三百年前の聖女パーティの物語をぶっこむという、ストロングスタイルで進行します！　あれです、一粒で二度おいしいというやつですね！

果たしてルナは、立派な悪役令嬢になれるのか。聖女バレしないよう目立たず静かに過ごしつつ、三百年後の世界を満喫できるのか。謎の冒険者＆聖女の代行者シルバーは、いったいどんな暗躍を見せるのか。三百年前、運命的な出会いを果たしたルナとゼルは、どのようにしてパーティを組むに至ったのか。

物語の続きは、現在鋭意執筆中の第二巻をお待ちくださいませ！（おそらく4～5か月後——9月か10月頃に発売する……はずです！　頑張って書きます！）

さらに本作……コミックガルドにて、コミカライズが決まっております！　漫画ですよ、漫画！　『ポンコツ聖女』ルナが、『謎の冒険者』シルバーが、『万能メイド』ローが、『マウント山のボス』サルコが！　自由自在に動き回ります！

いやぁ楽しみですね！　今はおそらく漫画家さんを探している最中だと思うので、また詳しいことがわかり次第、どこかでご報告させていただきます！（第二巻の帯とかあとがきとか、オーバーラップ広報室とか……何か進展がありましたら、随時お伝えいたします！）

いろいろと熱く語ったところで、以下、謝辞に移らせていただきます。

イラストレーターのへりがる様、素晴らしいキャラクターデザインにカバーイラスト&最高の口絵と挿絵を描いていただき、ありがとうございます。

担当編集者様、非常にお忙しい中を縫って、本書の制作に尽力していただき、ありがとうございます。

その他、本書の制作にご協力してくださった関係者の皆様、ありがとうございます。

そして何より、本作を手に取っていただいた読者の皆々様！　本当に、本当にありがとうございます！

それではまた、第二巻でお会いしましょう！

月島 秀一

作品のご感想、
ファンレターをお待ちしています

あて先
〒141-0031
東京都品川区西五反田 8-1-5 五反田光和ビル4階
ライトノベル編集部
「月島秀一」先生係 ／「へりがる」先生係

断罪された転生聖女は、悪役令嬢の道を行く！ ①

発　行　2024年5月25日　初版第一刷発行

著　者　月島秀一
発行者　永田勝治
発行所　株式会社オーバーラップ
〒141-0031　東京都品川区西五反田 8-1-5
校正・DTP　株式会社鷗来堂
印刷・製本　大日本印刷株式会社

Printed in Japan ISBN 978-4-8240-0820-6 C0193